花の咲く島

末廣 圭

Kei Suehiro

イースト・プレス 悦文庫

目次

花の咲く島

第一章　八丈島は夢の島

羽田《はねだ》空港をほぼ定刻に飛びたったジェット機が、無事、八丈島《はちじょうじま》空港に着陸したのは、秋晴れの青空が広がる午後一時すぎだった。一時間弱のフライトである。タラップを下りながら山城竜一《やましろりゅういち》はつい、ジーパンの尻ポケットからハンカチを取り出して、額に滲《にじ》んだ汗を拭《ふ》いた。

（東京は涼しい秋風が吹いていたのに、八丈島はまだ夏じゃないか……）

空港を出たところで竜一は、客待ちをしていたタクシーを拾って、永郷《えいごう》まで行ってくださいと頼んだ。正直言って、西も東もわからない。八丈島に関するわずかな知識は、西に八丈富士《はちじょうふじ》、東に三原山《みはらやま》をいだくひょうたん型の島である、ということぐらい。

友人に聞いたところ、八丈島には四軒のホテルと三十軒ほどの民宿があるから、シーズンオフなら、泊まるところは飛びこみでも心配ないとアドバイスをされていた。したがって、行き当たりばったりの旅になってしまったが、ともかく、最初に訪ねる先は、八丈富士の北側に位置する永郷なる在所に住んでいるらしい八代《やしろ》さんというお百姓さんのお宅ですよと竜一は、祖母の日名子《ひなこ》に拝み倒されていたのだった。

山城竜一は成人を迎えた。そして二十歳《はたち》の春。東京の名門私立大学の二年生に進級して、半分くらいは大人の仲間入りをしたという気分に浸っていた。大学から帰宅した竜一の手を、いきなり強く握って自分の部屋に招いた祖母の日名子が、先祖代々を祀《まつ》る仏壇の前に正座し、数珠《じゅず》を握って瞑目した。

仏壇の大きさは畳一畳分もありそうな超大型で、見るからに大げさな金箔の装飾が施されている。

無事に成人を迎えた孫に、ご先祖様たちの御霊《みたま》を祀る仏壇の前で、祝いの小遣い銭でもくれるのかと期待していた竜一は、大いに落胆した。その日の夕方から、友人たち数人と、最寄りのスナックに集まる約束をしていた。今日は堂々と酒が呑めるから、祖母から小遣いをもらったら、さらに盛大に呑めると楽しみにしていたのである。

が、祖母の様子はかなり深刻そうで、眉間に深い皺《しわ》を刻ませているのだった。

(おかしい……)

竜一はこっそり首を傾げた。今年、傘寿《さんじゅ》（八十歳）を迎えた祖母は日ごろから竜一の味方で、両親から冷たくあしらわれていたときなど、何度も救いの手を差しのべてくれた。

見方によっては猫っかわいがり……。

仏壇に向かって五分近くも数珠を握り、神妙そうに頭《こうべ》を垂れていた祖母が、急に背筋を正して振り向いてきた。

「竜ちゃん、あなたも立派な大人の一員になったのですから、これからわたしがお話することは、心して聞きなさい。お江戸の時代からつづく山城家の秘密の事柄です。あなたの頭の中にしっかり受けとめてくださいね。わたしもいつの間にか八十歳になってしまって、あと何年生きられるかわからないでしょう。ですからね、竜ちゃんに、ぜひお願いしたいの」

祖母は大真面目な顔つきになって切り出した。

（ひょっとするとお祖母《ばあ》ちゃんの遺言か？）

あまり見たこともない祖母の険しそうな様子に、竜一は一瞬、息を呑んだ。が、竜一はすぐさま腹の中でクスンと笑った。とんでもない。傘寿を迎えた年齢でもお祖母ちゃんはたいそう健常で、父親が代々引き継いできた築地《つきじ》の料亭『水無月《みなづき》』の大女将として、暖簾《のれん》を守っている。

それに、万が一、遺言だったとしても、言い渡す相手はぼくじゃなくて、両親かそれとも四歳年上の兄貴が本筋である。大学二年生になったばかりの自分は、お祖母ちゃんの遺言の聞き役じゃないだろうと、竜一は笑いをこらえ、じっと祖母の顔色をうかがった。

だが、声を低めて話し始めた祖母の打ちあけ話に、竜一は思わず固唾《かたず》を飲んで聞き入った。話の概略は、おおよそ次のとおりである。

——父親の山城陽一郎《ようういちろう》から数えること十九代前の山城屋弥四郎《やましろややしろう》が、江戸は神田《かんだ》に薬種問屋『山城屋』を創業したのは天保四年で、今から百八十年ほどさかのぼる大昔のことだった。創業時から『山城屋』は繁盛した。時の将軍は家斉《いえなり》公で、家斉に仕える幕臣にも出入りを許された。弥四郎は勢いをかって、神田と麴町《こうじまち》、築地に料亭茶屋『水無月』を開いた。

弥四郎の事業はことごとく成功したのだが、飛びぬけた女好きだったことも江戸市中では、つとに有名で、正妻である小夜《さよ》のほかに三人の妾《めかけ》を囲い、十一人の子供をもうけた。弥四郎にとってはわが世の春だったのである。

が、好事魔多し……。それから十七年後の嘉永三年春、娘のつやの身辺に大事件が勃発した。つやが本妻の子供なのか、それとも三人の妾の、いずれかの娘だったのかは、はっきりしていない。

　事件は夏の夜に起きた。

　独り寝のつやの部屋に忍びこんだ奉公人の与助《よすけ》は、寝巻きの襟元を乱して寝ていたつやのあられもない姿に情欲を掻《か》き立てられ、乱暴に及んだ。

　つやは取り乱した。まだ男を知らないおぼこ娘だったこともある。つやは咄嗟《とっさ》に枕元に置いてあった簪《かんざし》を手にするなり、襲いかかってきた与助の胸元を突き刺した。突いた場所が悪かった。与助は翌日の昼すぎ、息を引きとった。

　殺すつもりはなかった。ただ、自分の軀《からだ》を守りたかった一心でしたとつやは、奉行所の白砂で涙ながらに懺悔した。

　が、被害者が奉公人であっても、殺《ころ》しは殺しである。つやは北町奉行所の役人の手によってお縄となり、時の奉行、井戸《いど》対馬守《つしまのかみ》覚弘《さとひろ》の裁きによって、終世遠島の刑を申し渡されたのである。

　人間を殺《あや》めた刑罰は、男女を問わず打ち首、獄門と相場が決まっていたが、つやのとった行動は、我が身を守るためで、ある意味では正当防衛であるから罪一等が減じられ、遠島になったらしい。その罪状は、不法をしかけられ、やむなく人を殺した者、ということになった。

遠島の先は八丈島。鳥も渡らぬ離島であると、当時は怖れられていた。

つやが遠島船に乗せられ、霊岸島《れいがんじま》を出港したのは、それから二カ月後のことだった――

そこで言葉を切った日名子は、目尻に悲しそうな笑みを浮かべ、仏壇に視線を戻した。妙な話だ……。竜一はこっそり小首を傾げた。だいいち、ご先祖様の誰かが島流しの刑に処せられていたなんて、聞いたこともない。

ひょっとすると山城家では、禁句になっていたかもしれない。

(しかし百六十年以上も昔のことだろう。今ごろになってお祖母ちゃんは、何で蒸しかえすんだ?)

竜一はいくらか不可解だった。そんな大昔のことなど、どうでもいい。話題を変えて、成人の祝儀をもらうほうが重大問題なのだと竜一は、膝を乗り出した。

「おつやさんは、たいそうな美人さんだったらしいのよ。事件が起きる前は神田小町なんてもてはやされ、誰のお嫁さんになるのか、町の衆の話の種にもなって、さ。お肌は抜けるほど白くて、お顔は小さくて」

祖母は自慢そうに話した。

竜一はまた、腹の中で笑った。百六十年以上も昔の話なのに、お祖母ちゃんはまるで、おつやさんとかいう娘に会ったことがあるような言い方をする、と。ましてやその当時の美人度は、今の時代と大きく違う。たまに見る浮世絵などには、到底美人とは見えない女性が登場する。そもそも眉毛が極端に細くて薄くて長い上に、白粉《おしろい》を塗りたくったような女の面相は、苦手だった。

が、お祖母ちゃんを納得させる手段は、ご機嫌を取るに限る。面倒な話だ……、などと、粗野に接したら、即刻、臍を曲げてしまい、小遣い銭どころの話ではなくなることも、竜一は充分承知していた。

「それでもおつやさんは、江戸に帰ってきたんだろう。物の本で読んだことがあったけれど、将軍様が代替わりをしたり、京都の皇室に不幸があったりすると恩赦の令が出て、ご赦免になる流人もいたらしいし、さ。それに、成人も迎えていないかわいらしい美人さんだったら、奉行所も大目に見てくれたかもしれない」

竜一のいい加減な言葉に、日名子は寂しそうに首を横に振った。

「おつやさんはね、とうとう亡くなるまで八丈で暮らしたのよ」

「えっ、それじゃ、八丈島で死んだ……？」

「そう。ですからね、いつの間にかおつやさんの名前は、山城の家系から消されてしまって、お骨は八丈島に埋められたままになっているんです」

（うーん、それはかわいそうだ）

そのときになって初めて竜一は、やや気分を重くした。百八十年もの長きにわたってつづいてきた山城家の菩提《ぼだい》は、東村山《ひがしむらやま》にある寺の墓地にいくつもの石碑が建てられ、克明に記されていた。詳しく読んだことはなかったが、その数は三百名近くに及んでいたはずだ。

だから、つやの名前がたったひとつ記されていなくても、大きな問題として取りあげられるはずもない。

「そうすると、おつやさんのお墓は、八丈島にあるのかな」

竜一がなにげなく発したひと言に、祖母の膝は和服の裾を乱して畳をすべり、前のめりになった。

「わたしも一度はお参りしてあげたかったのよ。おつやさんだって、好きこのんで他人様を殺《あや》めたわけじゃなかったはずよ。間が悪かったのね。かわいそうに、たった一人で八丈島の冷たいお墓に埋められているなんて……。おつやさんのことを考えるたび、お気の毒で涙が止まらなくなって、夜も眠れない日があったのよ」

ちょっと芝居がかっている台詞《せりふ》だと思いながらも竜一は、小刻みに肩を震わせる祖母の姿を哀れんだ。祖母は心底、おつやさんに対する哀悼《あいとう》の意を表わしているのかもしれない、と。

「それじゃ、お祖母ちゃんの代わりにぼくが一度、八丈島に行って、おつやさんのお墓参りをしてこようか。山城の家系からたった一人はずされたおつやさんがかわいそうじゃないか」

思いつきのひと言を発してしまい、竜一はあわてた。が、瞬間、やや潤んで見える祖母の眼《まなこ》がキラリと光った。

「えっ、ほんとうかい！　わたしはね、成人を迎えた竜ちゃんに、ぜひお願いしようと思って、あなたにお仏壇の前まで来てもらったのよ。やっぱり、竜ちゃんはわたしの自慢の孫だね。わたしの気持ちをすぐに察してくれて、八丈に行ってくれるなんて、ほんとうにうれしい……」

そのとき祖母の目尻から一滴《ひとしずく》の涙がこぼれたことを、竜一は見逃さなかった。八丈島などに行ったことはない。けれど、都内よりははるかに温暖な気候で、蒼く澄んだ海で存分泳いだら、さぞ気分がよかろう。それに、きっとお祖母ちゃんは、墓参費用を弾んでくれるに違いない。竜一は素早く腹の中で計算した。

「今、すぐには行けないけれど、学校の講義が空く時間を見計らって、行ってくるよ。おつやさんのお墓が粗末だったら、新しい墓石を立ててあげてもいいしね」

　祖母の目に大粒の涙が溢《あふ》れた。

「はっきりしたことはわからないんだけれど、おつやさんの請《う》け人《にん》になった方は、その当時、大賀郷村《おおかごうむら》で名主をやっておられた佐吉《さきち》さん……、という方で、おつやさんが亡くなるまで面倒を見てくださったらしいのよ」

「請け人て、なに？」

「島役人に連れてこられた流人さんを預かる人たちのことですよ」

「へーっ、それじゃ流人さんたちは、牢屋に入れられなかったんだ」

「牢屋もあったらしいけれど、普通は八丈島に住んでいる島民の方に預けられていたらしいのね」

「塀のない監獄なんだ」

「でもね、島のまわりは荒れた海でしょう。島抜けをしようと企《たくら》んでも、舟が転覆したり、強い潮流に流されて、島から抜け出せなかったらしいの。だってね、お江戸から八丈島まで十日以上もかかる航海だったとか。腕のいい船頭さんが操る五《ご》百石船《ひゃっこくふね》でもね」

　お祖母ちゃんはきっと、八丈島の知識を得ようと、ずいぶん勉強したのだろう。

そうでなかったら、五百石船なんていう言葉が出てくるはずもない。

「しかしね、大賀郷村なんて、今はないだろうし、もちろん、江戸時代の佐吉さんだって生きちゃいない人なんだよ。ぼくは誰を訪ねていけばいいのかな」

「聞いた話だと、その当時の話をよく知っている方が、永郷に住んでいらっしゃる八代さんという方らしいのよ。そう、八代……、英雄《ひでお》さん。ですからね、八丈島に行ったら、最初に八代さんのお宅を訪ねて、つやさんのお墓がどこにあるのか聞いてほしいの」

「あっ、そう……。うん、わかった。じゃ、できるだけ早く行ってみるよ」

勢いこんで返事はしたものの、竜一は急に腰が引けた。

親戚や友人の一人もいない八丈島に一人で乗りこんで、なにができるのだろうか。ましてや、無縁仏になっているかもしれないおつやさんのお墓を探し出すなんて、砂漠で水を探すよりもむずかしそうだ、と――

　それから数カ月後の九月。八丈島空港からタクシーに乗って、竜一は不安を打ち消すことができなくなっていた。八代さんなる人物が生存しているかどうかもわからない。お祖母ちゃんが知りえたおつやさんのデータは、あくまでも伝聞なのだろうから、不確かなこと、この上ない。

念のため竜一は、タクシーが走りはじめてすぐに、運転手に聞いた。永郷に八代さんという方が住んでいるかどうか知りませんか？　と。竜一の声に運転手は人のよさそうな顔を、ひょいと振り向かせた。

「永郷の八代さんを知らない島の運転手はおらんよ。今は永郷の区長さんをやっておられて、村を取りしきっていなさる。江戸時代の末期から八代さんは、代々で名主さんを司《つかさど》っておられたらしいからな」

さも自慢そうに運転手は答えた。

「そんなに有名な人だったたんだ。ぼくは東京から来たんだけれど、その八代さんに会いたくてさ」

口にして竜一は、ハッとして唇を押さえた。八丈島も東京都だったのだ。東京の都心から南へ二百九十キロほど離れているが、人口は七千人余と、ガイドブックに記されていた。

「ひょっとするとお客さんは、八代さんのお宅にときどきいらっしゃるきれいなお嬢さんのいい人……、なのかな？」

ちょっとにやけた運転手の顔が、バックミラーにはっきり映った。

「へーっ、八代さんのお宅には、そんなにきれいなお嬢さんがいるんだ」

「八頭身美人というか、九頭身美人というのか。とにかく背が高い。百七十センチ以上もありそうだ。髪は短く切って……、うん、運動の選手かもしれない」

「そのお嬢さんは本土に住んでいるのかな。それとも島暮らしなのかな……」

「聞いたところによると、東京の神田で一人住まいと教えてくれた仲間がいた」

（えっ、神田！）

神田といっても広いが、自宅がある。急に竜一は八代家と深いつながりがあるのではないかと勝手に判断した。しかもそのお嬢さんはショートカットの九頭身美人ならば、八代英雄さんに会う前に、その美人さんと会って親交を深めたい。

八丈島空港から乗ったタクシーは、二十分ほどで永郷に着いた。

運転手のハンドル捌《さば》きに迷いはない。まっすぐ八代さんのお宅に着ければいいんですね……、と言いながら、すぐに到着した屋敷の前でタクシーは止まった。

タクシーを降りて竜一は、目を見張った。大きな石垣で囲まれたその邸宅は本土では見たこともない高い樹木に囲まれ、見るからに歴史を感じさせる造りなのだ。石垣に並べて植えられている赤いブーゲンビリア、ピンクのハイビスカスが常春《とこはる》の島の風情を存分に見せつけてくる。

石垣に囲まれた敷地は五百坪以上は、優にありそうだ。

「八代様のお宅の庭には、プールもあるんだから、わしらにとっちゃ、うらやましい限りさ」

運転手は付け足した。

プールが付いている家なんて、滅多に見られない。

「もしかすると、その九頭身美人さんもプールで泳いでいるのかもしれませんね」

「たった一度だけ、飛行場からお客さんを乗せて来たとき、門扉《もんぴ》の脇の隙間から、チラッと見てしまったことがあったんですよ。いや、覗き見をしたわけじゃないんですよ。しかし、背の高い軀にぴったりあった水着を着ておられたが、スタイル抜群だったな」

思わず竜一は生唾をコクンと飲んだ。女好きのＤＮＡは、どうやら初代山城屋弥四郎から伝承されていた。身体にぴったりフィットする水着美人を妄想した途端、男の熱い血が、全身を駆けめぐったのである。

そもそも高校時代から水泳に興味を持ち、大学に進学するやすぐに競泳部に入って活動する半分くらいの理由は、夏でも冬でも遠慮することなく、スイミングスーツ姿の女性を間近で見ることができる特権を有したかったからである。

果たして今日、今の時間、九頭身美人が在宅しているかどうかもわからないまま、竜一は分厚い木製の扉に閉ざされている八代家のインターフォンを、気合をこめて押した。

待つこと二十秒ほど。

「はーい、どちら様でしょうか」

ちょっと鼻にかかったような甲高い女性の声が扉の奥から聞こえたとき、竜一は反射的に答えた。

「突然お伺いして申しわけありません。ぼくは山城と申します。八代英雄さんにお目にかかりたいと思いまして、八丈島に来ました」

竜一は正直に返事をした。

なんの疑いもなく分厚い扉が開かれ、一人の女性が顔を出した瞬間、竜一はドングリ眼を開いて、口を塞《ふさ》ぐことができなくなった。

「あっ、先輩！」

「あらっ、山城くん！」

二人の口からほぼ同時に、驚きの声が発せられたのである。

（畠中《はたなか》先輩が、なぜこんなところにいるんだ……？）

竜一の脳味噌の想像域の中には、一ミリもなかった現実だった。

扉の中から、抜き足差し足のような不安定な足取りで出てきた女性の全身を、竜一は改めて注視した。間違いなく畠中翔子《しょうこ》先輩だった。

畠中翔子は竜一が通う大学の二年先輩で、竜一と同じ競泳部で活動しているマドンナ的存在だった。タクシーの運転手が証言していたとおり、百七十センチを三センチ超える長身は、プールに飛びこむときはエビのように反り、衆目を集めていた。

大学の運動クラブにおける先輩、後輩の上下関係は、ヤクザの親分、子分の如く礼儀が重んじられ、たとえ女性の先輩であっても、失礼があってはならないと、その言動には細心の注意を払うよう命じられていた。

ましてや畠中先輩は競泳部のキャプテンを任命されていて、しかも仲間内の噂では、競泳部の実権を握っている山本《やまもと》コーチと恋人関係にあるとか。

だから同じ競泳部に属していても、気安く話ができる相手ではなかった。

竜一はいつもプールの片隅から固唾を飲んで先輩の水着姿を追っていた。とにかく手足が長い。ことさら足が長く見えるのは、ワンピース水着の股間が鋭く、妖しくV字型に切れあがっているせいで、太腿《ふともも》の根元はほとんど剝《む》き出し状態で放置されていた。

チャンスがあったら、あのなめらかな太腿をスルリと撫でてみたい。いや、唇を寄せてヌルッと舐めてみたいという衝動は、竜一が競泳部に入ったときからの白日夢だったのである。

そんな雲上人のような先輩が目の前にいる。緊張するなと自分に言いきかせても、手先はいくらか震えてくるし、呼吸も乱れてくる。

それにしても、今日の先輩のファッションのなんと艶《なま》めかしいことか。短パン風にデザインされたジーパンの裾は極端に短く、太腿の付け根まであらわになっているし、ノースリーブの白いシャツには、淡いブルーらしいブラジャーの影をくっきり浮き彫りにしているのだ。

スイミングスーツを着ているときの先輩の胸は正直言って、ペチャパイのようで、豊満な乳房とは言いがたかった。竜一はそんな平板な先輩の乳房に清潔な女の色香を感じていた。

（先輩の胸がデカパイだったら、幻滅だよな）

が、ノースリーブの内側にふっくら盛りあがるブラジャーの膨らみは、先輩の女の魅力をふんだんに醸《かも》しているように見えてくるのだった。

「ねっ、あなたは山城くんでしょう」

しばらくして先輩は、一歩足を進めて、竜一の顔を覗きこんできた。

「えっ、はい。でも、こんなところに先輩がいらっしゃるなんて考えてもいなかったものですから、びっくりして、今、腰が抜けそうなのです」

「でも、山城くんは、この家が八代の家だとわかって、訪ねてこられたんでしょう」

「はい。八代英雄さんを訪ねてやってきました」

「祖父とはお知り合いだったとか？」

(えっ、祖父！)

先輩は八代英雄さんの孫だったのか。姓名が異なるのは母親の父上だったのだろう、そう判断して竜一はすぐさま答えた。

「いえ、初対面です。ぼくの祖母から……、名前は日名子と言いますが、八丈島に住んでおられる八代英雄さんを訪ねなさいと、言いつけられまして」

「それじゃ、山城くんのお祖母様と、わたしの祖父の八代英雄がお友だちだったとか……？」

「そうでもないんです。祖母は八代さんのお名前を誰かに聞いたらしいんです」

先輩はほっそりと長い指をショートカットの前髪にすき入れ、掻きあげた。理解しにくいという表情である。

「ね、玄関で立ち話もできないでしょう。お入りなさい。祖父は今、留守にしていますが、夕方には帰ってくる予定よ。お待ちになりますか」

言って先輩はピカピカに磨きあげられた板敷きの玄関に招きいれ、そしてシューズケースからスリッパを取り出し、「さあ、どうぞ」と、にこやかな笑みを浮かべた。

が、竜一は瞬間、目を閉じたくなった。

玄関先にしゃがんだ先輩のシャツは襟ぐりが広く深く、やや前屈みになったときブルーのブラジャーの淵が丸見えになって、意外なほど深い乳房の谷間が、ぽっかりとあらわになったからである。

スイミングスーツを着ていたときの、あのペチャパイからはとても想像できない豊かな肉づき……。あのスイミングスーツは先輩の柔らかい乳房を強引に押しつけ、ペチャパイにしていたのだ。

スイミングスーツの圧迫から開放された乳房は、彼女の胸元で息を吹き返しているだけなのだ、と。

長い廊下を歩いて連れていかれた先は、庭に面した板敷きのベランダだった。先輩は竹製の椅子を引いて、さあ、お座りなさいと、ひどく優しい。恐縮するばかり。

にになっていく。

五体健全、心臓は鋼《はがね》のように強靭《きょうじん》であると自負していたが、自分のまわりを蝶の如く舞う先輩の姿と甘い香りに、呼吸は乱れ、ひとつひとつの動作がどんどんノロマになっていく。

(それにしても広い庭だ)

ほんの少し正常に戻った意識の中で、竜一は緑の芝が敷きつめられた庭に感嘆した。本土では見慣れない樹木は整然と剪定《せんてい》されているし、庭の片隅には長さ二十メートルほどありそうなプールが青い水を溜めている。あのプールで泳いでいる先輩の姿を、タクシーの運転手はチョイ見したのだろう。

お祖母ちゃんは八代さんの職業をお百姓と言っていたが、とんでもない。お百姓を差別するわけではないが、八代英雄さんは八丈島屈指の大富豪にちがいない。それほど屋敷のまわりは、贅《ぜい》を凝らしている。

「それで山城くんは祖父に会って、なにをなさりたいの?」

前の椅子に座った先輩は長い足を組み上げて、やっと本題に入った。

どこから話し始めていいのか迷ったが、竜一は祖母から聞いたご先祖様の曰く因縁をかいつまんで伝えた。興味深そうに聞き耳を立てていた先輩の顔が、少しずつ紅潮していくように、竜一の目には映った。

おおよそ話し終えたとき、先輩はコクンとうなずいた。

「そのお話、知っています。祖父から何度か聞いて……。それでね、おつやさんの命日とお盆には、おつやさんのお墓にお花とお線香をあげにいくのが、八代家の習わしになっています」

「ええっ、おつやさんの命日もわかっているんですか」

百六十年も昔の話ではないか。

言いかえると、おつやさんはそれだけ大事に見守られて八丈島の生活を送っていたということになる。流人にしては、恵まれた環境にあったのだろう。

「で、彼女の命日は何年、何月、何日ですか」

そのことだけでもきっちり祖母に伝えてやりたい。祖母はきっと命日がくるたび、おつやさんを偲《しの》んで、冥福を祈るだろう。

「わたしの聞いた話だと、おつやさんが亡くなったのは慶応三年の十月十日だったとか。享年三十五歳だったと聞いています。十月十日に亡くなったことは確かだそうですけれど、慶応二年だったのか、三年かははっきりしないらしいの。祖父が先代から伝え聞いたことでしょう。その当時、村役場があって、死亡届が出されたわけでもなかったんですから」

「あの……、いろいろ聞いてご迷惑でしょうが、おつやさんのお墓は八丈島のどこかにあるんですか。祖母はお線香の一本でもあげてきてほしいと、涙ながらに頼んできたものですから」

「あるわよ。西山《にしやま》に……。八丈の人は八丈富士のことを西山と呼ぶんです。わたしも二回ほどお墓に行ったことがあったの。西山の中腹だったわ。まわりは原生林に覆《おお》われていて、ちょっと寂しい場所でした」

そこまで聞いてしまったら、お墓参りをケンするわけにはいかない。八丈富士の標高は八百五十メートルほどあると、ガイドブックに記されていた。だとすると、おつやさんの墓は標高四百メートルほどの場所にある。人里離れていることは、容易に想像された。

「先輩、お願いします。おつやさんのお墓まで連れていってくれませんか。どこかでお線香を買っていきたいんです」

竜一はやや焦って頼んだ。

先輩と二人だけで山登りができるんだったら、どれほど険しい道のりでも苦にならない。

先輩が青空を見あげた。まだ陽《ひ》は高い。

「山城くんのお願いじゃ、断るわけにはいかないわね。それじゃ行きましょうか。西山の麓《ふもと》からは歩いて登るんですから、ちょっと疲れるわよ」

目的はお墓参りだというのに、先輩の声は妙に弾んでいるのだった。


先輩を恋人感覚で見たことはない。冗談でも、恋人だなんて畏《おそ》れ多い。だいいち先輩には恋人がいるらしいと聞いていた。けれど、先輩の運転する車を降りて、細い山道《やまみち》に入った途端、竜一は先輩に対し今まで感じたこともなかった親密感をいだいた。

自然林に覆われたお山の麓に、たった二人で立っているという環境が、竜一の心を熱く昂《たか》ぶらせているからだ。

八丈富士の中腹にあるらしいおつやさんのお墓に辿《たど》りつくには、鬱蒼と茂る木立の隙間を縫うが如く、うねってつづく獣道《けものみち》のような、道なき道を歩かなければならないようだ。

しかも平坦な道ではない。険しい登り坂である。

先輩の服装は短パンとノースリーブのシャツという軽装で、木立を分け入っていくと彼女の素肌に枝葉がまとわり付いてきて、ちょっと痛々しい。こんなひどい道なら、先輩をおんぶしてあげようか。そのくらいの馬力はあると竜一は声をかけたくなった。が、喉から出かかった言葉が唇を出そうになった瞬間、Uターンして喉の奥に戻ってくる。

おんぶしましょうか、なんて、とんでもない。笑い飛ばされるのがオチだと。実にもどかしい。

「こんなに急な山道を登って、おつやさんのお墓に参ってくれていたんですか。ありがとうございます」

感謝の意味をこめて竜一は、礼を言った。

おんぶすることは無理だとしても手を引いてあげるくらいは許されるだろうと、竜一は、勇気を奮い起こして先輩の前に手を差しのべた。先輩の目元に、それはうれしそうな笑みが浮いた。

(ぼくに甘えているみたいだ……)

竜一は勝手にそう判断した。

しかも先輩は、ほんのわずかのためらいの時間をおいて、竜一の手をしっかり握りかえしてきたのである。まさに有頂天！　残暑の蒸し暑さだけではなさそうな汗が、先輩の手のひらにじんわりと滲んでくる。

「西山の林の中で山城くんと手をつないで歩くなんて、考えもしなかったことよ」

竜一の手を強く握って先輩は、やや照れくさそうに言った。

「ぼくも……、です。先輩はぼくの憧れの女性でしたから。きっとおつやさんが引き合わせてくれたんですね。おつやさんは奉公人に暴行されそうになって、自分の操《みさお》を守るために簪で刺してしまったそうです。彼女には許嫁《いいなずけ》がいたそうですから、不運な人生を送ったことになります。だから山城家の末裔《まつえい》に少しだけいい思いをさせてあげたいと、あの世から見守ってくれているのかもしれません」

「わたしには、許嫁なんかいませんからね」

なぜか急に先輩は、ほとんどノーメイクの頬をプッと膨らませて不機嫌そうな言葉を吐いた。

（ウソでしょう）

竜一はお腹の中で反論した。許嫁でなくても先輩は競泳部のコーチと恋仲にあるともっぱらの噂だった。真偽を確かめたくなった。恋人がいたら、ぼくの誘いなんかに乗ってくるはずがない。

「それでは先輩、こんな険しい山道ですから、おんぶしてあげましょうか……、とぼくが言ったら、ぼくの背中におぶさってきてくれますか」

なぜそんな言葉が出てしまったのか、自分でもよくわからない。先輩の足がピタリと止まった。急に先輩の呼吸が荒くなった。

「おんぶしてくれるって、わたしのことを？」

先輩の声が、背の高い樹木にこだましたかのように聞こえた。

「ほかに誰もいません」

「ねえ、わたしは百七十三センチもある大女よ。体重は六十二キロ。そんな大女をおんぶして、山城くんはこんな山道が歩けるのかしら」

「火事場のバカ力が出ると思います。それに、ぼくのほうが六センチほど背は高いし、体重も先輩より七キロも重いんですから、へっちゃらです。ぼくは真剣に心配しているんです。先輩の太腿とかふくらはぎが枝葉やトゲにこすれて、傷がついてしまうかもしれません。先輩にはなんの関係もない大昔の流人のお墓参りに行って、素敵な足をケガさせたりしたら、山城家の恥です」

「本気にしてもいいのね」

半分は冗談ぽく、それでいて念を押すように言った先輩は、「それじゃ、しゃがんでちょうだい」と、気ぜわしげにせっついて、竜一の後ろにまわってきたのだった。

（八丈島は夢の島だ！）

こんな幸福感は、いまだかつて味わったことがない。

竜一は膝を折ってしゃがんだ。

「重たいって、つぶれないでちょうだいね」

先輩の声を背中で聞いたとき、甘い香りを漂わせる柔らかい物体がふわりと背中にかぶさってきたのだった。抱き上げようと竜一は、両の手を後ろにまわそうとしたが、ドキンとする衝撃が胸のうちに奔《はし》って手を止めた。

先輩の短パンの裾は極端に短くて、太腿はおろかお臀《しり》も半ケツ状態になっていた。

あんなになめらかな太腿を、そろりと撫でてみたい、舐めてみたいなどと不埒《ふらち》な妄想を広げていたのに、そのチャンスに直面しそうになって竜一は、手を伸ばすこともできなくなった。

大人の仲間入りをした竜一だったが、今まで二十年間の人生で素人の女性と真面目なお付き合いをしたことは、恥ずかしながら一度もない。江戸時代からつづく老舗料亭『水無月』の跡取り息子の一人であるから、経済的にも恵まれているし、幼少のころから慣れ親しんできた水泳で鍛えた体軀は、他人に引けをとらないほどたくましく育っていた。

顔だちも中の上くらいの出来栄えで、とくに太い一本眉、涼しい目元、輪郭のはっきりとした山形の唇は、自分でもなかなかの男っぷりじゃないかと、密かに自負していた。

が、不思議なことに女性との縁は皆無だった。

二十歳になっても童貞では恥ずかしい。ぼくの童貞を優しくもらってくれませんかと訴える女もいなかったから、竜一は仕方なくソープランドで初体験に及んだ。一回目はうまくいかず……、すなわち、挿入する前に発射してしまい、恥をかいた。ソープランド嬢の巧みな手練手管に、あえなく屈したのである。

ゴムを装着した男の肉が、女の膣にしっかりはまったと確認したのは三回目のソープランドだった。料金は二万数千円。そんな大枚を叩いて女を抱くのだったら手動式のほうがよほど気持ちいいし気楽であると、ソープランド通いは三回でぷっつりやめた。

妄想の広がりは無限大だったが、正直なところ女性経験は無に等しい。先祖代々の山城家に伝わる女好きのＤＮＡは、今のところ実行力が伴っていない……。

「あら、どうしたの？　おんぶしてくれるんでしょう」

背中におぶさってきた先輩の声が、とても意地悪に聞こえた。

よしっ！　竜一は腹の中で気合の雄たけびを放ち、先輩のお臀にまわそうとした両の手のひらをジーパンで拭いた。汗で濡れていたり、汚れていては嫌われる。そして両手を逆手にして、そろりと差し出した。

ハッとした。スベスベと感じるなめらかな生肌が、ひたりと手のひらに吸いついてきたからだ。柔らかそうにも感じるし、筋肉質でもあるような。桁違いの緊張感に負けて、手のひらの神経が麻痺してしまったのか。

せめて長いジーパンを穿《は》いてきてほしかった。先輩の生臀《なまじり》を直接さわるようなことがなかったら、もう少し正常な気持ちで行動できただろう。

が、時すでに遅し。

「すべり落ちないように、しっかりつかまっていてくださいよ」

己の昂奮や緊張を打ち消すように、竜一はわざと大声を放って、よいしょ！　と掛け声もろとも立ちあがった。しかし、ますます具合が悪い。先輩の長い両足が脇腹に巻きついてきたことより、肩甲骨あたりに丸い膨らみが当たってきて、ゆらゆら、くねくねと揺らめいたからだ。

（先輩のおっぱいに違いない）

そう判断した途端、脳天の中心部と股間の奥底に熱い電流が奔りぬけ、カーッとのぼせあがった。

「山城くんの背中って、見た目よりずっと大きかったのね。わたしの軀があなたの背中に埋まってしまいそうよ」

先輩のいくらか甘ったれた声が生温かい呼吸と一緒になって、首筋に吹きかかってきた。

「先輩はご自分は大女だなんておっしゃっていましたけれど、おんぶしてみたら、意外なほど軽くて、とても大女には感じません」

正直な感想を伝えているのだが、両の手のひらで受けるお臀の丸みが股間を襲ってきて、男の肉の根元あたりがヒクヒクうごめき始めたのである。

（これはやばい……）

女性経験は極端に少ないのだが、官能神経の反応は至って鋭い。このままの状態をつづけていると、あと十秒もしないうちに男の肉は躍動を開始する。するとズボンの前は膨らみ、連鎖して生ぬるい汁が、チンポの先端からジクジク滲んできて、ブリーフに染みていく。

これからお墓参りに行くんだぞ、もっと神聖な気持ちになれと己を律しても男の欲望の象徴は、まるで言うことを聞いてくれない。

竜一のそんな緊急事態などまるで関係なく、先輩はさらに強く、全身を寄せつけてくるのだった。竜一の首筋の横に顔を預けている彼女の呼吸が、だんだん荒くなってくる。

「あの……、おつやさんのお墓まで、まだ遠いんですか」

竜一は弱音を吐いた。先輩の軀が重く感じてきたとか、おんぶしていることが面倒になったということでは決してない。

彼女のお臀を抱いている手をどうしていいのかわからなくなってくるし、腋の下や首筋に、気持ち悪いほど汗が滲んでくるのだ。しかも男の肉の活動が本格化してきて、筒先が勇ましく迫りあがり、ズボンをこすり始めている。

放置しておくと、ズボンの前が弾け割れてしまうほど膨張して、おんぶをやめて先輩を地上におろしたとき、大恥をかいてしまいそうだから。

案の定、

「わたしの軀が重く感じるようになったのね。山城くんてだらしのない人。おんぶをしてもらってから、まだ五分も経っていないのに、もういやになったみたいで」

先輩の声は明らかに後輩を揶揄《やゆ》している。

「いえ、重いんじゃなくて、その……、今、すごく困っているんです」

「困っているって、なにを？」

「ですから、ぼくの手は先輩のお臀に直接当たっていますし、先輩のおっぱいらしい膨らみが背中を圧迫してきて、ぼくはどうしていいのかわからなくなってきたんです」

「あら、それじゃ、わたしのお臀にはさわりたくないのね。わたしの軀を不潔に感じているみたい。そんなの、悲しい……」

先輩の両手がいきなり、首筋に強く巻きついてきた。ついでに胸の膨らみをぎゅうぎゅう押しつけてきたりして。

（そんなこと、やめてください）

二人のこんな姿が万が一にも、競泳部の鬼コーチ兼先輩の恋人に知れたら、即刻退部させられる。コーチの命令は天の声だった。

しかしこの場所は、本土から三百キロ近くも離れた八丈島の山奥である。鬼コーチの目は届くはずもないと竜一は思いなおした。

「誤解しないでください、先輩。ぼくは今、ものすごく幸せな気持ちに浸っているんです。でも、ぼくの手は先輩のお臀をまともに抱いていて、その気持ちのよさがぼくの軀全体に伝染していって、その……、ぼくの軀のあちこちに異変が生じているんです」

「えっ、異変て、どんな？　わたしをおんぶしているせいで気持ち悪くなったとか？　だったら下ろしてちょうだい。一人でも歩けるのよ」

竜一の身を案じるような言葉を発しながらも、先輩の両足はさらに強く脇腹に巻きついてくるし、大きく開いた股間の中央部を、クネクネ、モゴモゴと腰まわりにこね付けてくるのだ。

しかも、生温かい先輩の体温が、Tシャツをとおして素肌に伝わってくる。

弁解する言葉が出てこない。

背中から尻の上部に張りついてくる先輩の軀がうごめくたび、股間には熱気がこもり、勃《た》ちあがり始めた男の肉はその容量を増していく。ついでに心臓の鼓動も活発になってくるのだ。千五百メートル競泳のラストスパートにかかっているときより、呼吸は苦しい。

（ぼくはどうすればいいんだ？）

この際、ほんとうのことを伝えるべきだと竜一は腹を括《くく》った。

「気持ち悪くなっているのではなく、その、胸が苦しいような。ぼくは相当緊張しているみたいです」

「まあ、胸が苦しいの。それはいけないわ。ねっ、ちょっと止まってちょうだい。わたし、見てあげます」

（あぁっ！）

思わず竜一は大声を発しそうになったが、こんな山奥で助けを求めても、誰が来てくれるわけでもない。大声を発しかけたのは、先輩の右手がいきなりTシャツの襟ぐりから、スルスルッとすべり込んできて、左の乳首を柔らかく包みこんできたからだ。

（そんなことをしたら、だめです！　ぼくは敏感肌なんです……）

抗議をしたくなったが、手のひらの真ん中あたりで、乳首をコロコロ転がすようにこねまわされ、脳天が真っ白になるような、ふらふらっと眩暈《めまい》がするような衝撃を受けた。

立っているのが、やっと。

「いやだわ、山城くんの乳首、尖《とが》っているわ。胸が苦しいなんて、ウソでしょう。胸が苦しいなんて言う人が、乳首を尖らせるわけがありません」

含み笑いをもらした先輩は、好き勝手なことを口にしながら尖ってしまったらしい乳首を指先で挟んで、ツンツン引っぱったりする。尖っているのは乳首だけじゃないんです……。竜一は唇を噛《か》んで耐えた。

乳首に受けるほんのわずかな痛みを伴った刺激は快感に変化していき、男の肉は増幅の一途をたどりはじめた。

ブリーフの内側でそそり勃っていく筒先は、ブリーフのゴムをかいくぐりそうなほど伸びあがった。

たった三回戯《あそ》びに行ったソープランドで、かなり歳の食った泡嬢《あわじょう》は、竜一に対し誉め言葉とも、けなし言葉とも思える感想を伝えた。「お客さんのオチンポはとても立派よ。形もきれいで、臭くもないわ。これでもう少し我慢できるようになったら、女泣かせの色男になるかもしれないわね」と。

我慢できるようになったらのひと言は、あなたは早漏よ、とけなされたに違いないと竜一は己の頭に通訳してやった。

当たり前だ。ぼくの女性経験はスタートラインに立ったばかりで、あなたたちの熟練テクニックに翻弄《ほんろう》されたら、発射が早くなってしまうのは当然だと、竜一は泡嬢を睨《にら》みつけた。九十分の制限時間内で三度挑んでみたが、いずれも早漏のそしりをまぬがれない早撃ちであったことは、間違いない。

泡嬢に対しては、自分なりの言い訳ができた。だが、憧れの先輩にいきなり乳首を弄《もてあそ》ばれた刺激は、青空の広がる野外ということもあって、ソープランドで受けた快感の数倍のエネルギーになって、竜一の全身に飛び火していった。

「先輩、あの、もう、だめです。ズキズキしてくるんです」

竜一の必死になって現状報告した。

「ズキズキって、どこが？　乳首をさわるとズキズキ痛むとか」

（ぼくをからかっているのか）

ほんとうに心配してくれているのか、竜一はよくわからない。

「痛むわけではなく、その……、なんと表現していいのでしょうか。ともかく股の奥のほうがカーッと熱くなってきて、それで勝手に元気になっていくのです」

「元気に？」

先輩の顔が首筋の横に、ひたりと張りついてきて、耳元に向かってささやいたのである。

（だめだ！）

耳たぶはもっと感じる。手足が痺《しび》れていくような。

「先輩はぼくよりふたつも歳上でしょう。昂奮してくると男の軀がどんなふうに変化していくのか、ご存知のはずです。これ以上、ぼくを虐《いじ》めないでください」

竜一は心の底から哀願した。

（この状態がつづいていくと、ぼくのチンポは本格的に大爆発する）

ブリーフはベトベトになって、まともに歩けなくなる。下着の着替えは先輩のお宅に置いてきたバッグに入っているのだから。

「ねえ、そんなにせっぱ詰まっているの？　知らなかったわ。ごめんなさい。それじゃ、下ろしてちょうだい。わたしが離れたら、少しは落ちついてくれるわね」

大爆発するのは恥ずかしいけれど、先輩のお臀から手を離すのは、とても悔しいしもったいない。こんなチャンスは二度と巡ってきそうもない。短パンの裾からすべり込みそうになっていた指先に、お臀の割れ目付近の柔らかさを感じていたのだから。

が、下ろしてくださいと頼まれたのだ。先輩の命令に歯向かうことはできない。ちょうど、すぐ前に見つけた畳一畳分ほどの草むらにそっと下ろした。しかし先輩を下ろそうとしてしゃがんだ恰好を、元に戻すことができなくて、竜一はおろおろした。ジーパンの前はこんもり盛りあがったままで、まるで鎮《しず》まってくれないからだ。

みっともない姿を先輩に見せるわけにはいかない。

「ねえ、ほんとうに具合が悪いみたいね。ごめんなさい、こんな坂道でおんぶをしてください、なんて甘えてしまったわたしが悪かったわ」

心配そうな言葉を紡《つむ》ぎながら先輩は、膝を折ったましゃがんでいる竜一の真横に屈みこんで、顔を覗きこんできたのである。

恥ずかしいったら、ありゃしない。

具合が悪いんじゃない。立ちあがったら、ズボンの膨らみをまともにさらすからだ。しょうがない。最後の手段に出るまでだ。

「すみません、先輩。あの、しばらくの時間、目を閉じていてくれませんか。先輩にはお見せできないほど、ぼくは不恰好になっているんです」

「えっ、不恰好って、どこが？　山城くんはわたしより歳下ですけれど、素敵な男性だと思って、ときどき見とれていたのよ。だって、あなたがプールに飛びこむときの姿はほんとうに逞《たくま》しくて、スイマーらしくて、美しかったわ」

「ぼくに、見とれていた……？」

「そうよ。スタイルは抜群で、ああん、それにね……」

言葉を途中で切った先輩は、急に頬をポッと染めて、うつむいた。

（ウソばっかり言ってら！）

竜一はテンから信じなかった。先輩の恋人は鬼コーチだ。いつも日焼けした軀は均整が取れていて、女子の部員に人気があった。ぼくなんかまだ青い子供だと僻んでいたのに。

「それに……、どうしたんですか。いろいろ誉めてもらったのは先輩のお世辞で、ぼくの軀には、どこかみっともないところもあったんですね」

うつむいていた先輩の顔をひょいと向きあがってきて、やや潤んでいるような大きな瞳でじっと睨まれた。

（きれいで、かわいらしい）

そのとき初めて竜一の胸の中に、先輩の素顔がかわいらしく映ってきたのである。長い時間、話をしたり、おんぶをしたことが、先輩との距離を縮めたのかもしれない。

数秒して、先輩はさらに軀をすり寄せてきて、ニコッと微笑んだ。

「笑ったらいやよ。わたしだって二十二歳になって、来春からは社会人になるでしょう。男性を見る目が少しずつ変わってきたの」

「ぼくを見る目も、ですか」

「そうよ。あのね、あなたの競泳用の黒いパンツがあるでしょう」

「ええ、はい。伸縮性があって、とても穿き心地がいいんです」

「ああん、そんなふうに大真面目にならないでちょうだい」

「それで、ぼくのパンツがどうかしましたか」

「あーっ、困ったわ。わたし、どうしてこんなお話をしてしまったのかしら」

「そんなに困らないでください。先輩のおっしゃることだったら、どんな内容でも真摯な気持ちでお聞きします」

「それじゃ、思いきってお話しします。あのね、パンツの膨らみが立派だったの。ほかの男性より、ずっと……。パンツの上からでもいいから、一度撫でてみたいと思っていたくらいよ。とっても話しづらいことよ。男性器の形……、ですから、オチンチンの形がくっきり浮き彫りになっていて、生々しかったの」

とんでもないことを白状した先輩の頬は瞬間、紅色《べにいろ》に染まって、そして両手で顔を覆いながらうつむいた。

恥ずかしいやら、うれしいやら。先輩の目が自分のチンポに集中しているとはまるで知らなかった。

「そんなことだったら、遠慮しないで命令してください、実物を見せろとか……。いつでもぼくは先輩の要求に応えました」

先輩の顔がまたしても、ポッと浮きあがった。

「ほんとう！」

「正直に言うとぼくにはガールフレンドがいないんです。過去も現在も。だから、その……、先輩ほど素敵な女性に、見守られたり、さわられたら、男の本望だと思います」

「今でも、あなたの考えは変わりないの？」

「はい。今も前も関係ありません。でも、今はスイミングスーツじゃなくて、ブリーフですけれど」

先輩の潤んだ瞳が、竜一の全身を舐めるように一周した。見られている部分がヒリヒリ痛んでくる。

「それじゃあなたは、わたしがお願いしたら、ここでジーパンを脱いでくれるのね」

竜一はハタと困った。黒いスイミングスーツを穿いて練習しているとき、男の肉は正常値だった。が、今は膨張率九十五パーセントまで発育している。その上、昂奮の汁が筒先から滲み出して、ブリーフを汚しているかもしれない。

それでも竜一は、フッとまわりを見まわした。生い茂る樹木のどこかから小鳥の鳴き声が聞こえるだけで、人間の気配はまったくない。

「あの……、そいつがでっかくなっているんですが、我慢してもらえますか」

「ええっ、でっかくって、大きくなっているとか……？　なぜ？　ここは人里離れたお山の中よ。それに、わたしたちはまだなにもしていなかったのに」

「あっ、はい。でも、先輩をおんぶしたときから、ぼくの両手は先輩のお臀をしっかり支えていて、なめらかなお臀の感触が、ぼくの手のひらをめちゃくちゃ刺激してきたんです。それに、先輩のおっぱいが背中に当たって、ずっと昂奮しまくっていました」

「たったそれだけのことで、ねっ、大きくなってしまったの？」

「たったそれだけどころじゃなかったんです。だってぼくの指は先輩の短パンの裾から少しだけすべり込んで、お臀の淵を撫でていたんです。その上、乳首をこねまわされたりしましたから、軀中がカッカと燃えたぎってきました」

「うれしい。山城くんはわたしに、少しくらい好意を持ってくれていたのね」

「少しどころじゃありません。先輩はぼくの憧れの女性で、女神様なんですから」

急に先輩は黙りこんだ。大げさに言っているのではない。本心からそう思っていた。

先輩は一人で思い悩んで、沈んでいるふうな。しゃがんだまま、草むらの雑草をむしったり、ときどきチラッと見あげてきたりして。大学のプールで颯爽《さっそう》と泳ぐ先輩の姿とは大違いで、どこかいじらしくも映ってくる。

「ねえ、山城くん……」

先輩の口からこもった声が聞こえたのは、数秒後だった。

「あっ、はい、なにか？」

「キスしてって言ったら、怒る？」

瞬間、竜一はわが耳を疑った。

（キスしてって……、とは、どういう意味だ？　ぼくと先輩が……？）

にわかに信じられない。だいいち先輩には鬼コーチの肩書きを看板にする恋人がいる。険しい山道を登るため、おんぶするくらいは許されるかもしれないが、キスとなると、本格的な浮気になる。

キスをしたいのは山々だけれど、回避したほうが無難だ。

「ぼくは、その……、キスの経験がないんです。いえ、正直に白状しますと、エセ・キスをしたことは、二度ありました」

先輩の大きな瞳が不審そうにクルクルまわった。そして竜一の顔を、穴の開くほどじっと見すえてきたのである。

「エセ・キスって、なあに?」

汚い男と蔑《さげす》まれても仕方がない。先輩にウソはつけない。

「二十歳になる前、三回……、あの、ソープランドに行ったんです。二十歳になっても童貞だなんて、恥ずかしいでしょう。そのときお店で働いている女性と二回だけキスをしました。でもぼくの感じでは、絶対、サービス・キスだったと思うんです。彼女の舌に唇をペロペロッと舐められて」

「ペロペロだけ?」

「そうです。だって、真っ赤な口紅を塗っていましたから、接触するのが気持ち悪かったんです。匂いも強かったんですよ」

そのときなぜか先輩は、ほとんどノーメイクの唇を、指先でソロッと拭《ぬぐ》った。口紅を塗っているのかどうかもわからない。

「それで山城くんは、エセ・キスと思っているのね」

「はい。ほんとうのキスはもっと夢があって、甘そうだし、それに、ほんとうのキスをするんだったら、大好きな女性としたいと思います。でも、エセ・キスをしてしまったぼくの唇は不潔でしょう」

ハッとして、ドキンとした。先輩の両手が伸びてきて、行き場を失っていた竜一の手をギュッと握りしめてきたからだ。山道を登りはじめたとき、竜一は先輩の手を取ってナビゲートした。が、そのときの感触とはまるで違う。汗っぽくないし、手のひら全体がほんわかと温かいのだった。

「わたしのファースト・キスは高校三年のときで、大学に入って半年ほどしたとき二度目のキスを経験したわ。二人とも同級生だったの。彼らは優しくて、安心してキスできたの。それだけよ」

（ええっ、それじゃ、鬼コーチとは……？）

聞いてみたくなったが、竜一は口を閉ざした。

もしかすると、先輩と鬼コーチの関係は、根も葉もない噂話だったのかもしれない。先輩の告白にウソ偽りはなさそうだし。

先輩は竜一の手を取ったまま、静かに立ちあがった。釣られて竜一も腰を上げた。あーあっ、全然元の形に戻っていないじゃないか。ジーパンの前はもっこり膨らんだままで、隠しようもない。

が、竜一は隠すつもりもなかった。

ブリーフの内側の危ない実態を正直に伝えたかったからだ。先輩の視線がチラッと股間に向いた。ふふっ……。先輩は小さく笑った。なんとなく満足そうな笑みにも見えた。

「山城くんは毎日、歯を磨いて、お口をゆすいでいるんでしょう」

「あっ、はい。歯磨きは一日三回と決めています。だから歯は丈夫で、白いと思います。見てください」

先輩の手を引きよせながら竜一は、わざと大きく口を開いた。もちろん、虫歯など一本もない。先輩が毎日歯を磨いているんでしょうと念押ししたのは、ソープランドでやってしまったエセ・キスのことは、なにも気にしていませんよという、ジョークまじりの返事だったと竜一は理解した。

二人の視線が八丈島に降りそそぐまぶしいほどの陽光を受けて、キラキラッと光った。

「お口が重なったら、チロチロッと舐めるだけの簡単なキスなんて、絶対いやですからね。それから、汚いと思わなかったら、わたしの唾を飲んでちょうだい。わたしもあなたの唾を、お腹がいっぱいになるほど吸いとります」

竜一の手から離れた先輩の指が、背伸びをしながら首筋に巻きついてきた。反射的に竜一の両手は、先輩の腰を抱きとめた。柔軟な先輩の上体が逆くの字になって、わずかに反った。

「いたずら気分とか、遊び気分じゃないのよ。あなたのことを、わたし、ずいぶん前から、どこかで想っていたのね。今までは片想いだったのかしら。偶然の出会いが、わたしの心に火を点《つ》けた……。ほんとうよ。それで、あなたの気持ちも聞いて、わたし、うれしくて。あなたより歳上の女でも、我慢してくれるわね」

「翔子さん！」

竜一は無意識に先輩の名前を、初めて呼んだ。違和感はない。彼女の目尻に美しい微笑みが浮いた。そして、静かに瞼《まぶた》を閉じたのだった。

彼女のウエストを抱きしめていた両手に力がこもった。さらに引きよせた。

少し乾燥しているように感じる彼女の唇と接触して数秒後、二人の舌が唾液を交換しながら粘りあった。静かに舐めあったり、強く吸いあったり。

先輩の喉が鳴った。

彼女の喉の音は、自分の唾を飲んでくれている証《あかし》だ。竜一は万歳を叫びたくなった。

（八丈島は夢の島だ）

少し甘いような、ほんのわずか酸っぱいような彼女の唾が喉を通過していくたび、竜一は夢の島のドリームにドップリ浸っていった。

(あっ、でも!)

そのときになって竜一は、ハッとして腰を引きかけた。ついさっきまでは九十五パーセントの膨張率だった男の肉が、いつの間にか百二十パーセントまで容量を増し、ブリーフをこすり、そして先輩の股間をズンズン押しまくっていたのである。

(こらっ、鎮まってくれ!)

と指示しても、まるで言うことを聞いてくれない。

「ごめんなさい。気づかなかったんです。気持ち悪いでしょう。でっかくなるとわがままになって、礼儀正しくない奴になってしまうんです」

やっと唇を離して竜一は謝った。

「さっきからよ。あなたの熱気が伝わってきて、お腹の底から温められていくみたいで、気持ちいいの。女の幸せね。でも、ねっ、ほんとうに大きいの。あなたのパンツの中には、大ぶりのゴーヤが隠されているみたいよ」

半分は笑いながら、残りの半分は唇の端を小刻みに震わせる緊張感を漂わせて、彼女は口ごもりながら言った。

(あっ、そんなことをしたら、出てしまいます)

竜一は危うく叫びそうになった。彼女の手がズボンの腰まわりから器用にするするっと差し込まれてきて、ブリーフの上からだが、それは巧みな手つきで男の肉の膨らみを柔らかく包みこんできたのだった。

第二章　青白い月夜の砂浜で

西に傾いた太陽が、濃いブルーや薄緑に染まる海原のはるか彼方に、ゆっくり沈みかけている。茜色《あかねいろ》の輝く大きな太陽だ。海面に近づくほど、大きくなっていく。これほど神秘的で美しい太陽を目にするのは、何年ぶりのことだろうか。が、山城竜一の目は輝く太陽よりもっと激しく、熱く燃えさかっている。

砂浜に並んで座ってすぐに、畠中翔子は竜一の右の肩口に頬を埋めてきて、二の腕を強く抱きしめてきたのだった。その姿に、先輩、後輩の礼儀や尊敬の念など、かけらもない。

「一カ月に二度、三度と来ている八丈島なのに、あなたと二人で、別世界の小さな島を初めて訪ねたような感じになっているわ」

竜一の肩口に頬を預けたまま先輩は、身動きもしないで物思いに耽《ふけ》ったような、低い声で言葉を紡いだ。

（ぼくも同じ気持ちだ）

思いを伝えて竜一は、彼女の肩をしっかり抱きしめてあげたくなった。が、少しでも軀を動かすと、二人の関係がバラバラに崩れてしまうような危うさを感じて、竜一は軀を固くするしかなかった。

白い砂浜、青い海原、そして茜色に染まっていく太陽が三つ巴になって広げる幻想的な景色が、二人をファンタジックな世界に引きずりこんでいく。

（いや、違うな……）

それだけじゃない。二十歳になった竜一が、生まれて初めて味わった極上の快楽から、心身ともにまだ抜けきれていないのかもしれない。

――三時間ほど前。名前もわからない樹木が鬱蒼と生い茂る原生林のど真ん中で二人は熱いキスを交わした。時の流れだった。決して意図したものではなかったが、二人の気持ちが赤い火花となってぶつかり合った、その結果だったと竜一は理解した。

竜一が自分の身に危険を感じたのは、軀がよじれてしまいそうな強い抱擁と、舌が引きちぎれてしまいそうな熱いキスがつづいている最中《さなか》だった。なんの前ぶれもなく、先輩の右手がズボンのウエストからすべり込んできて、ブリーフの上から、張り裂けるほど膨張した男の肉を、すっぽり包んできたのだ。それでなくとも男の肉は、ウズウズ、ムズムズと疼《うず》きまくっていた。

(だめです、そんなことをしたら出てしまいます)

ほんとうにそう叫んでしまったのかどうか、竜一は覚えていない。確かなことはあわてふためいて腰を引いたことだった。彼女の手を避けたかった。みっともない恰好は見せたくない。

「ああん、わたしの手、いやなのね。ほんとうはわたしのこと、嫌いだったんでしょう」

恨めしそうな視線をぶつけてきて、先輩は僻《ひが》んだ物言いになった。

竜一はあわてた。嫌いだなんて、とんでもない。できることなら、直《じか》にさわってほしい。どれほど気持ちいいだろうかと、期待した。が、竜一の股間には危険が迫っていたのだ。

「違います。あの……、危ないんです。さっきからムズムズしていたんです。それなのに先輩……、いえ、翔子さんはズボンの中まで手を入れてきて、モゾモゾさわられたら、あの……、すぐにでも暴発しそうで」

「えっ、暴発って、なにが?」

先輩の目が不思議そうに上下した。が、数秒後に、ドキンとした目つきになって彼女は、すぐにズボンの中から手を抜いた。

「さっきも言ったとおり、ぼくは女性経験が少なくて、それに刺激に弱い体質なんです。だから憧れの先輩の手を感じたら、ひとたまりもありません」

「それって、ねっ、もしかしたら、射精してしまいそう……、とか？」

途切れ途切れの声で先輩は、問いなおしてきた。笑ってはいないが、興味津々の目つきだったことは間違いない。

「あっ、はい、そのとおりです。ものすごくチャーミングな女性をしっかり抱きしめてキスをしていたら、昂奮するのが当たり前でしょう。それも、ぼくにとっては憧れの先輩だったんです。そんな素敵な女性の手で、もろにさわられたら、爆発してしまいそうになるのは、当たり前だと思います」

「ねっ、今も……？」

「はい。ちょっとこすってやったら、ドバッと出てしまいます。男の言葉だと三《み》こすり半で……。でも、今はパンツを穿いていますから、具合が悪いんです。パンツの替えは翔子さんの家に置いてきたバッグの中に入っていますから、今、パンツを汚すことはできません」

竜一は股間をモジモジさせながら、とても辛い現状を伝えた。

急に先輩は腕を組んで、竜一の顔と股間を交互に見比べた。ズボンの前は大テントを張っている。

盛りのついた男の肉は、始末に困る。

(こらっ！)

鎮まれと命令しても、まるで言うことを聞いてくれない。

「パンツが汚れないようにしたらいいんでしょう」

しばらくして先輩の口から飛び出たひと言に、竜一は、「はい、そのとおりですが、ここでパンツを脱ぐわけにもいきません」と、大真面目に答えた。

「そんなこと心配しないで、脱いでみなさい。まわりには誰もいないの。猪《いのしし》とか狸《たぬき》さんがいるかもしれませんけれどね、昼間は寝ています」

冗談なのか本気なのかよくわからない彼女のひと声に、竜一は思わず生い茂る雑木の隙間に目をやった。猪が飛び出てくる気配はない。が、ハッとして先輩の姿に目を戻した。

「誰もいないって翔子さんは言いましたけれど、ぼくの目の前には翔子さんがいるじゃないですか。翔子さんの前で、パンツを脱ぐんですか」

「いや……？」

「いえ、いやということじゃなくて、ぼくが裸になったら、翔子さんが困るでしょう。昂奮時のぼくの、あの……、男の肉はびっくりするほどでっかくなって、恥ずかしいんです」

「わたし、絶対、困らないわ。見たいの……。さっきも言ったでしょう。スイミングパンツを穿いているときの、あなたの軀にさわってみたいって。女でも性的な欲望を感じるときがあるものよ。こうなったら、はっきり言うわ。わたしの大好きな山城くんがどんな恰好で射精するのか、ものすごく興味があるの。できることがあったら、お手伝いしてあげてもいいのよ」

歳下のぼくをバカにしているのではない。竜一はそう信じた。

（その上、手伝ってくれる、とは！）

さまざまな妄想が広がった。発射寸前になったら、男の肉の筒の部分を柔らかく握ってもらって、三こすり半……。発射角度は九十度に反りあがって、飛距離は五十センチ近くを記録するかもしれない。

自宅のベッドで手動式噴射に及ぶときは、布団を汚してはならないとティッシュを何枚も敷きつめ、飛散する白い体液の受け皿にした。が、この場所の地べたは草むらに覆われ、たとえ一メートル飛翔しても、後始末の心配はなかった。

「ぼく、脱ぎます。翔子さんの前で、思いっきり飛ばしたくなりました。絶対、気持ちいいはずです。だって、お腹の底のほうが、少し重く感じるほど溜まっているんです。ビビッと飛び出しても、びっくりしないでください」

その気になったら行動は敏速だった。

すぐさま竜一はズボンのベルトをはずし、ブリーフもろとも引き下げた。ブリーフのゴムを弾いて、直立する男の肉がブルンと風を切って弾みあがり、屹立《きつりつ》したのである。

「ああっ、それっ！」

意味不明の声を発した彼女は、びっくり眼を見開き、そして右の手のひらであんぐり開いた唇を押さえた。

いつにも増して大ぶりに成長している上に、すでにジクジク滲み出していた先漏れの粘液が亀頭全体を濡らし、ヌルヌル、ツヤツヤと照り輝いているのだった。

その状況を見た瞬間、竜一はさっさとあきらめた。こんなに汚れた肉の棒を先輩に握ってもらうなんてとても無理だ、と。だったらせめて、ドビュッと噴きあがる瞬間の、勇ましい形を至近距離から見守ってほしい。

中途半端な恰好は、興を削《そ》ぐこともある。

恥知らずにも、ここまでやってしまったら、シャツも脱いでしまえ！　己を鼓舞して竜一はTシャツを頭から剝ぎとった。

「素敵！」

右手で唇を押さえたまま、先輩はくぐもった声で感嘆の意を表した。

ずば抜けたマッチョではないが、水泳で鍛えた体型は典型的な逆三角形を描き、日焼けした素肌は逞しい色艶を放って、ブルンと跳ねあがった超大型の男の肉に花を添えている。

でも、それほど時間的余裕はない。

素っ裸になったことによってさらに昂奮度は高まり、亀頭の先端から漏れてくる先漏れの粘液の量を多くしているのだ。

「翔子さん、どこまで飛び出していくかよくわかりませんから、横で見ていてください。ぼくの前にいると、噴きかけてしまうかもしれません」

竜一は大真面目で注意をうながした。

白いサンダルを履《は》いた先輩の足が横にずれた。

竜一は腰を迫り出し、そして目をつむり、鋭角に突きあがる男の肉の筒部分に右手を添えた。従来、手動式で発射態勢を取る場合は、薄闇の中で横に寝るというのが一般的な形式だ。しかし今は、太陽の輝く青空に向かって飛散させようと、立ち居の態勢を整えているのだ。

憧れの女性に見守ってもらっているという悦びは、羞恥心《しゅうちしん》を蹴散らし、なににも代えがたい快楽だと、そのとき竜一は認識した。

「翔子さん、それじゃ、やってみます」

間の抜けた声を発し、竜一はさらに股間を突き出し、一《ひと》こすりした。目覚しい勢いで亀頭が迫りあがった。股間の奥にズキンとした衝動が奔った。

噴射の予兆である。

「ねっ、すごいの。素晴らしいわ。あなたのペニスは大きいだけじゃなくて、芸術的な美しさがあるのね。あーっ、だって、あの……、鰓《えら》の張りが鋭くて、ねっ、まぶしいほど色がきれいよ」

目を閉じているものだから、彼女がどこまで接近しているのかよくわからなかったが、荒い息遣いと声音は、股間の真横から発せられているようだった。

すると、ヌルヌルの体液も見られている。

「時間的余裕はそんなにないんです。あっ、そうだ、翔子さんは手伝ってくれると言っていましたね。あと十秒もしないで、あの……、ビュビュッと飛び出す気配ですから、助けてください。翔子さんに助けてもらったら、いつもより激しく、力強く飛び出すと思います」

助けを求める声がかすれて、切れ切れになった。咄嗟に思いついた考えを真っ正直に口に出してしまって竜一は、一人で照れまくった。先輩を虐《いじ》めるつもりではない。先輩に助けてもらったら、さぞや気分がよかろうと考えたにすぎない。

手動式発射は本来、自分の手ひとつで行動するものであって、他人の助けを借りるなんて、とても恥ずべきことだ。

（あっ！）

そのとき竜一は声を嗄《か》らして叫んだ。突きあがる亀頭のまわりを、なにかでヌルリとさわられたからだ。

亀頭だけじゃない。素っ裸になった乳首に生ぬるい軟体がかぶさってきて、つつっと吸われたのだ。乳首と亀頭に受けた身震いするような刺激は、電流の速さで軀中を駆けめぐった。

「翔子さん、あっ、ぼく！」

大声を放って竜一は、しっかり閉じていた瞼を、カッと開いた。

そのとき自分と彼女がどのような体位をとっているのか、おおよその見当はついていたが、竜一は自分の目でしっかり確かめたくなったのだ。

（すごい！）

竜一は腹の中で叫んだ。

素っ裸になっている自分の真横に、寄り添うようにして立っていた先輩の唇が、乳首にかぶせられ、ときどきピンクの舌を出しては、ずいぶん尖ってしまった乳首をペロッと舐めては、吸っている。先輩の、その口元の猥《いや》らしいこと。なかなか終わらない。しつっこいのだ。

そして彼女の右手の指が濁りのない赤茶に染まった亀頭を、そろそろと撫でまわしている。思わず竜一は右手を伸ばし、やや前屈みになっている彼女の背中を抱きとめた。

噴射まで、あと数秒。できることなら絶頂の快楽を共有したかった。先輩のどこでもいいから、さわっていたい。竜一の切なる欲望だった。

「あん、シャツの中に手を入れて……」

竜一の乳首から唇を離した先輩は、小声で言った。直接、さわってほしいという訴えだった。竜一は無我夢中で彼女のシャツの裾をめくり上げた。手のひらを押しつけ、撫でまわす。その手ざわりは、スベスベ、ツヤツヤ……。

（こんなことがあってもいいんだろうか）

まさに夢心地。

次の瞬間、ほんの少しの痛みを伴って、股間の奥底が暴発した。おびただしい白い放射が天に向かって噴きあがっていったのである。ツーンとする快感が、肉筒の真ん中を、電流の速さで駆け抜けていった。

憧れの先輩に見られているという恥ずかしさは、まったく感じない。

その感覚は、手動式で発射したときの快感の数倍の刺激を股間に受けたからだろうか。それとも男の真の快感は、男の羞恥心を蹴散らしてしまうせいか。

噴射はなかなか止まらない。間歇的《かんけつてき》に噴きあがっていくのだ。

そのたびに、股間が勢いよく突きあがる。

感動だ。男の真の悦《よろこ》びだ。やっとのことで噴射が止まっても、男の肉のそそり勃ちは形を崩さないで、ピンクの亀頭から湯気が立ちのぼってきそうなほど、膨張をつづけている。

「きれい！　あなたの力強い生命力が、お空に向かって飛んでいくみたいよ」

先輩は感極まった声を発した。

が、そのとき竜一は度肝を抜かれた。なんのためらいもなく先輩が竜一の前にひざまずき、白濁液に濡れている亀頭の先端に唇を寄せてきたのだ。そして、ピンクの舌を差し出し、汚れを拭うように、それは丁寧に舐めとっていくのだった。

彼女の両手が太腿の根元に添えられた。

「そんなことをしたら、気持ち悪くなるでしょう」

竜一は先輩の内心をおもんぱかった。それほどきれいなものじゃないだろうし、だいいちまずそうだ。そう結論づけたのは、三度行ったソープランドで、いずれの泡嬢も竜一の男の肉をくわえたあと、こっそりうがい薬で口をゆすいでいたからだ。

うがいをするくらいなら、フェラなどやってくれなくてもいいんだと、竜一は一人で憤慨した。しかし先輩の唇や舌が、亀頭のまわりを舐めとっていったことは、紛れもない事実だった。

(翔子さん、うがいをしてください)

お願いしたくなったが、水はない。

「いい経験をさせてもらったわ。こんなところであなたのをお口にしたなんて、ちょっと信じられないの」

唾を吐き出すでもなく、先輩はニコッと微笑んで、舌なめずりをした。

(なんて素敵な女性なんだ)

竜一は感動した。先輩の姿が、後光を射す天使に見えてくる。少なくともつい
さっきまで、二人の間にはこれっぽっちの恋愛感情はなかったはずだから。
「ぼくは天に昇るほど気持ちいいのいい思いをさせてもらったんですが、翔子さんは
後味を悪くしたんじゃないですか」
草むらに散らかっていたブリーフやズボンを拾いながら、竜一はわずかに後悔し
た。いい気になって裸になり、手動式で大放出したことは、せっかくつかんだ先輩
との関係を台無しにしてしまったのではないか、と。
「ねっ、行きましょうか。おつやさんのお墓まで、もう少しですからね」
すべての出来事を、さも当然としているような先輩の、やや冷たく感じる声が、
青空に向かって静かに流れていったのだった——

縦が一メートル弱。横幅が三十センチほどの小さくて古ぼけた墓石には、『つや
の墓』と、辛うじて読める文字が刻まれていた。亡くなった年月や享年は、墓石の
裏側まで丹念に調べたが、どこにも見当たらなかった。
線香に火を灯しながら先輩は、大昔を懐かしむように語りかけてきた。
「おつやさんが亡くなったとき、彼女のお歳がいくつだったのかはっきりしないら

しいの。島役人からおつやさんを預かったのは、その当時、大賀郷村の名主さんだった佐吉さんという人だった。そのときおつやさんは十七歳だったとか。祖父から聞いた話よ」

墓石のまわりに茂っていた雑草をむしりながら、先輩は百五十年以上も昔の伝聞を思い出してくれた。実際に八丈島で生活している人から聞いた話だから、信憑《しんぴょう》性《せい》はある。

「そうらしいですね。そのことは祖母からも聞きました」

「ところがその数年後に佐吉さんが亡くなって、おつやさんはわたしの祖先に当たる八代家に引きとられたそうよ。でもね、ひとつはっきりしていることは、おつやさんは、五人のお子さんを産んだことなの」

「ええっ、五人！」

竜一はびっくり仰天した。

そんなことは、祖母も知らなかった新事実である。祖母の口から、おつやさんに子供がいたことなど、ひと言も聞いていなかった。

「それにね、ちょっとおかしいのは、五人のお子さんのお父様が、それぞれ違っていたらしいこと。でも、ほんとうかどうかわからないわよ」

　おつやさんの父親である山城屋弥四郎は、天保年間とか嘉永年間に、手広く薬種問屋と高級料亭を営んでいた老舗の主《あるじ》だった。その娘であるから、それなりの行儀見習いや学習に勤しんでいただろう。

　それなのに、父親が全部違う子供を五人も産んだなんて、にわかに信じられない。事の善悪や人間の礼節くらいは学んでいたはずだ。ところが父親の違う子供を五人も産んでいたなんて……。現代流で表現するならシングルマザーだろうが、男をとっかえひっかえ子供をつくっていたとなると、単なる好き者だった可能性もある。

（ふーん、なるほど！）

　竜一はなんとなく合点した。

　おつやさんの父親である弥四郎は、本妻のほかに三人の妾を囲い、合計十一人の子供を作った。おつやさんが本妻の子であるのか、それとも三人の妾の誰かの子であるかも、はっきりしていなかったらしい。

　すなわち、奔放なる弥四郎のＤＮＡはおつやさんの体内に受けつがれ、その結果、五人の男と情を結んだのではないか……。竜一の推測である。

「おつやさんは、びっくりするほどの色白美人だったらしいのよ。もともと島に住んでいる島民の男性とか、罪人として本土から流されてきた男性の流人にも大変な人気があって……、そう、今で言うと、夜這いしてくる男性がひっきりなしで、ぞろぞろいたらしいのよ」

「江戸時代の八丈島では、堕胎する術もなかったでしょうからね」

「島民の男性はおつやさんの気を引こうとして、お魚や野菜、お米をたくさんプレゼントしたとか。中にはおつやさんの住まいを作ってあげたり、自分の土地を譲渡して、おつやさんをわが物にしようと、それは涙ぐましい努力をしたんですって」

「おつやさんは、人気者だったようですね」

「八丈の生活に慣れてきたおつやさんは、幕府が恩赦の令を出して、ご赦免船をまわしても江戸には帰りたくないと、とうとう亡くなるまで、八丈暮らしをなさったそうよ」

(そうだったのか)

遠い昔のことだが、竜一の頭の中には、今でも島のどこかでのんびりと余生を送っているおつやさんの艶姿が、おぼろげながら浮かんでくるのだった。

しかし、おつやさんの墓参りを決行した結果、憧れの先輩と偶然出会い、現実とは思えないような桃色ピンクがかった夢の世界に誘いこまれたことは間違いない。

二人並んで座っている白い砂浜が、八丈島のどのあたりの位置にあるのか、竜一はまるでわからなかった。小さな入り江に、人影はない。聞こえてくるのは、砂浜に打ちよせてくる波の音だけ。

墓参りを終えて先輩の車に乗ったとき、ハンドルを握りながら彼女は、ちょっと恥ずかしそうな笑いを浮かべ、「まだ帰りたくないの。付き合ってくれるでしょう」と言った。

ぼくだって同じ気分だ。まっすぐ先輩の家に帰ったら、先輩の祖父である八代英雄さんが帰宅しているかもしれない。自然と行動は束縛される。だったら、もう少し二人だけの時間に浸っていたい。

「もしかしたら、八丈島って、出会いの島かもしれないわね」

竜一の肩に頬を寄せながら、彼女はひっそりとした声をもらした。

「ぼくもそう思います。この島で、翔子さんと巡りあうなんて、考えてもいなかったことですから」

「わたしも来年の春、大学を卒業するでしょう。中学生のころから水泳に興味を持って、高校も大学も競泳部に入部して、毎日、夢中になって練習してきたわ。でも、わたしの水泳の実力では、食べていくことはできないって、自分の力を見限ったの。もちろん、オリンピックに出る力もないし」

「ぼくだって、同じです。大学を卒業したら父親の経営する薬屋か料理屋を手伝って、将来は料理屋の店長にでもなろうかって、そう考えているんです」

「あなたには、ちゃんとした将来の進路が決まっていて、幸せよ。でも、わたしにはなにもないの。それでね、大学に入って二年ほどしたときから、祖父が住んでいる八丈島に来て、黄八丈《きはちじょう》の染物の勉強を始めたのよ。八丈島の黄八丈は、江戸時代から八丈島だけに伝わる伝統的な染物で、その当時は、江戸城の大奥と取引きしていたんですって」

「黄八丈って、和服の生地のことでしょう」

「そうよ。それで今は一カ月に二度、三度と八丈島に来て、勉強しているんです。祖父も喜んでいるわ」

「それは楽しみですね。先輩の染めた黄八丈が、どんな生地になって世の中に出まわっていくか」

「あなたも興味がある……？」

「はい。翔子さんが自分の身を立てようと努力されているんですから、ぼくも応援したくなります。水泳のコーチはできませんが、翔子さんがこれからも八丈島に来て、織物の勉強をされるんだったら、毎回、ぼくも八丈島に来てお手伝いします」

それまで竜一の肩口に頰を預けっぱなしにしていた先輩の顔が、ひょいと起きあがった。はるか彼方の水平線に沈もうとしている太陽の、茜色の輝きが彼女の頰に反射して、薄いオレンジ色に染まっていく。

「ねっ、お願い、わたしを抱いてちょうだい。わたし、なんだかとてもうれしくてなって。これから八丈に来るときは、いつもあなたが一緒なんて……。あなたの肌のぬくもりを、わたしの全身で受けとめたいの」

脳天が真っ白になっていくような高揚感に襲われた。

竜一は首をよじり、先輩の表情を穴の開くほど追った。

「翔子さんのこと、ほんとうに好きになってしまいますよ。いいんですか。翔子さんの今の言葉を聞いたら、翔子さんの軀が粉々になってしまうほど、強く抱きしめたくなりました」

焦がれるような熱い想いは自分の初恋だと、竜一は信じた。

女性は好きだ。が、好きと恋心は違うだろう。竜一は自分の胸に問うた。全身がカーッとほてってくる。心臓の鼓動が急に速くなってきて。

竜一が両手を伸ばしたのと、先輩の上体が胸板に倒れこんできたのが、ほぼ同時だった。彼女の荒い呼吸が薄いシャツを素通しにして、胸板に吹きかかってくる。竜一は力いっぱい抱きしめた。

両腕で抱きくるめた先輩の軀を砂浜に押し倒し、竜一は真上から覆いかぶさった。二人の視線が至近距離でぶっかった。先輩の両手が脇腹にまわってきて、ヒシッと抱きとめられた。

「翔子さんのこと、心から愛しています……、って言っても、笑わないでくださいね。でも、ぼくの本心なんです。だから先輩は、ぼくの初恋の女性になってしまいました。迷惑ですか」

なにも答えず先輩は、ひっそり瞼を閉じた。

竜一の目は、もう一度キスをしましょう、という訴えであると受けとめた。その表情は、ぼくの愛の告白を受けいれてくれたのだと竜一は自分勝手に判断した。

間髪を容れず竜一は真上から覆いかぶさった。そして彼女の頬を、両手で挟んだ。ポッポとほてっている。白い砂浜の上で乱れたショートカットの髪を、彼女は指先で掻きあげた。早くしてと、その指の動きが訴えている。

数秒と待たず、竜一は唇を重ねた。

唇同士が接触していた時間はわずかで、すぐさま二人の舌が音を立てて粘りあった。口の中に流れこんできた先輩の唾液の味が、なぜかとても懐かしい。竜一は貪《むさぼ》った。ほんの少し甘く感じる唾が、喉を通過していく。

瞬間、竜一はハッとした。

わずか三時間ほど前、青空に向かって、男のエキスを大放出したばかりなのに、先輩の下腹あたりを押しこねている男の肉が、ビクリと目を覚まし、亀頭に向かって熱い血を流しこみはじめたからだ。

彼女の下腹部で圧迫されているのだが、力負けしない。ズンズン、ムクムク膨張していく。

それまでひっそり閉じられていた先輩の瞼が、フッと開いた。笑っている。もう大きくなってきたわと言いたげで、ちょっと意地悪そう。

「翔子さん、お願いがあります」

見つめられているのが辛くなって、竜一は口を開いた。

「なあに？」

「ぼく、お返しをしたくなりました」

「えっ、お返しって、なにを……？」

「さっき、おつやさんのお墓参りに行く前、林の中でぼくはパンツもシャツも全部脱いで、素っ裸になったでしょう」

「あなたの裸はすごく魅力的だったわ。惚れ惚れして、見直してしまったの。あなたの裸はプールで見慣れていたつもりなのに、もっと逞しくなって、わたしの目に飛びこんできたわ」

意地悪そうな笑みは消えた。その代わり、彼女の指先が竜一の頬っぺたや唇を撫ではじめたのだ。わずかな接触でも、全身にビンビン響いてくる。

お願いしたいことは、包み隠さないではっきり言うべきだ。恥ずかしがることじゃないと、竜一は息を呑んだ。

「あのとき、先輩はぼくの……、その、でっかくなったチンポコに唇を寄せて、それから汚れている筒先を舐めてくれたでしょう」

「いやだわ、チン、ポコ……、だなんて。幼い坊やみたい。いいえ、あなたのペニスは子供なんかじゃありません。目を瞠《みは》るほど立派だった。でも、わたしがキスしたから気持ち悪かったとか？　ああん、したくなったのよ。あなたの軀のいろいろなところにキスをしてあげたら、あなたが気持ちよくなってくれると思って」

「はい、ものすごく気持ちよくなって、感動しました。憧れの先輩が、ぼくの軀の一番感じる肉を舐めてくれた……、って。ほんとうにびっくりしました。こんなことをしてもらってもいいのか、と」

「あなたの軀だったら、なんでもできるような気持ちになったの」

「ありがとうございます。それで、今度はお返しをしたくなったんです」

砂浜に仰向けになって寝ていた先輩の頭が、ビクッと浮きあがった。髪にくっ付いていた白い砂が、サラサラ流れおちていく。

太陽ははるか彼方の水平線に沈みかけて、あたりには薄闇が迫っているが、残照の中に浮きあがった先輩の表情に、驚きの色が奔った。

「ねっ、それって、もしかしたらクンニリングス……、のこと？」

先輩の声が震えた。

「やらしてください。ほんとうのことを言います。お墓参りをする前、ぼくは言ったでしょう。ぼくも大人の仲間入りをするんだから、童貞じゃ恥ずかしい。それでソープランドに行った、と」

「三回行ったんでしょう」

「はい。そこで働いていた女性が、きみは童貞くんでしょう。女の軀も少しくらい勉強しなさいって、ぼくの目の前で、パカッと両足を開いて、奥のほうを見せてくれたんです」

先輩の目尻がクシャクシャとゆがんで、クスンと笑った。そんなにおかしそうに笑わないでください。恥ずかしさをこらえて、ほんとうのことを話しているんですと、竜一はほんの少しむくれた。

「それで、どうしたんですか、その女の方と……」

「ほんとうのことを話しても、怒らないでくださいね」

「山城くんもおもしろい人ね」

「えっ、どうしてですか」

「だってわたしたち、都内から三百キロ近くも離れた島で偶然会って、それで意気投合して、今とても素敵な関係になっているのよ。わたし、あなたのこと、信じています。素晴らしい男性で、大好きよ。それなのに、ソープランドで遊んだ猥らしい体験を事細かに報告してくるなんて、おかしいと思いませんか」

「いえ、それは、その……、翔子さんに隠し立てをしたくないからです。女性に関して、ぼくはなにも知らないということを、実体験をもとにお話しして、ぼくを理解してもらいたかったんです」

「わかったわ。それで、お股を開いてきたお嬢さんを相手になにをしたの？」

つい今しがたまで、ものすごく甘えた言葉遣いだったのに、急に先輩の物言いがつっけんどんになった。ひょっとしたらヤキモチを妬《や》いているのか、それとも不潔な男と蔑まされているのか……。

竜一は先輩の心の内を探った。全然わからない。けれど、ここまで話したことを途中でやめるわけにもいかない。大切なことは最後まで話すべきだと、自分に強く言いきかせた。

「彼女は、あの……、太腿を開ききって言いました。さわっても、舐めてもいいわよ。お客さんの好きにしなさい、って」

「大サービスだったのね」

先輩のつっけんどんな口ぶりは、変わっていない。ほんとうに機嫌を損なっていたら、どうしよう……。竜一は不安を覚えた。本気になって怒り出し、わたし、あなたのことなんか知りませんと、一人で帰ってしまったらどうしよう。ここは西も東もわからない島なのだ。

が、やっぱり話を途中でやめるわけにはいかなかった。

「ぼくも少し興味がありましたから、覗いたんです」

「まあ、お嬢さんのお股の奥を！」

「はい。でも、変だったんです。もちろん大人の女性だったのに、肉の裂け目のまわりにヘアが一本も生えていなくて……。それで、黒っぽい肉と赤っぽい肉が、ゴニョゴニョ入り組んでいました」

プッ！　必死に笑いをこらえたのか、先輩は唇の隙間から泡になった唾を飛ばした。

「ゴニョゴニョなんて、擬音で説明されても、よくわからないでしょう。でも、ヘアが一本もなかったのは、きっとその人のお仕事柄、処理されていたんでしょうね。あのね、あなたも知っておくといいわ。アンダーヘアが長く伸びてくると、毛切《けぎ》れして、痛いことがあるんです。彼女たちのお仕事は、肉体を酷使されているんでしょうから、よけいな痛みを回避なさったんでしょうね」

理解できたような、できないような。肉の裂け目のまわりに茂るヘアで、どうして毛切れするのか、竜一には具体的な事象が浮かんでこない。

「ぼくも興味がありましたから、どんな匂いがして、どんな味がするんだろうかと、開いた太腿の奥まで顔を突っこんでみました」

「いやだ、そんなこと、あなたはほんとうにやったのね」

つっけんどんの物言いが、蔑みの表現に変化した。

眉間に小皺を刻ませているから、ぼくのことを本気で侮蔑《ぶべつ》しているんだろうなと、竜一は少し悲しくなった。が、顔を突っこんだのはほんとうのことだから、言い訳はしたくない。

「やりました。目の前に彼女の肉の裂け目が迫ってきて、ぼくは息苦しさを感じたのです。彼女の性器の形が、なんだか、とっても大きく映ってきて」

「それで、お口をつけた……、とか」

先輩の言葉は、竜一の行為を鋭く追及してきた。不潔な男、愚かな男だったのねと、明らかに蔑みの色を目の底に浮かべて、だ。

「それが……、舌を出そうとしたとき、ぼくは急遽、取りやめたんです」

「あら、どうして？　そのお嬢さんは好きにしなさいって、お股を広げてくれたんでしょう」

「はい、そのとおりなんですが、彼女の性器のまわりから、ものすごく甘ったるい香水の匂いがプーンと吹きもれてきて、いやになってしまったんです」

「変な人ね、あなたって。女性の中には軀のあちこちに香水やコロンを撒いて、男性の気持ちを引きつけようとする人もいるのよ。香水の匂いを嗅いだからって、彼女の好意を無にするのはかわいそうよ」

「ぼく、父親の言いつけを、しっかり守っていますから」

「ええっ、お父様の言いつけって、なあに？　香水を撒いた女性には近づくな、とか？」

「違います。父は料亭のオーナーをやっていますが、ぼくにときどき厳しく諭してくるんです。本物の料理は、新鮮なコンブとかカツオ節、ジャコを使って、その店特有の味を作り出すものだ。スーパーで売っているような出汁《だし》や調味料でごまかす料理は、ろくなものがない、と」

「ねえ、ねえ、女性の香水と化学調味料は、なんの関係もないでしょう」

「いえ、女性の大事な箇所に、香水を撒くことは、料理と同じで、自分の軀の匂いをごまかしているんだと、父はぼくに教えてくれていると、参考にしています。それでぼくは、さわってても舐めてもいいと許可が出ていましたが、やめました。ろくな味じゃないと考えて。でも、クンニリングスをやるチャンスはその一度だけだったので、ぼくの舌はまだ童貞なんです」

眉間に小皺を刻ませて、ちょっとおっかない表情をしていた先輩の顔つきが急に柔らかくなって、仰向けになったままの態勢で、じっと見あげてきたのだった。

少し経って、

「わたしだって、たまに香水をつけることがあるわよ」

先輩の声音がものすごく低くなり、海から吹いてくる風に流されていった。

「でも、お墓参りのときから今まで、翔子さんの軀から、人工的な匂いは全然しませんでした。力いっぱい抱きしめている今も、新鮮な牛乳を沸かしているような、ほんのりとした甘さが首筋のまわりからもれてきて、ぼくはどうしても、あの……、翔子さんの女性のお肉を、直接味わってみたくなったんです。ぼくは料理屋の息子に産まれてきたせいか、味覚は敏感なんですよ」

わけのわからない理屈をこねてしまったが、先輩の目尻がまた、クシャクシャッと歪《ゆが》んだように見えた。そして長い睫毛《まつげ》をパチパチッとまばたかせながら、黙りこくったまま、真下からじっと見つめてくるのだった。

「ねえ、竜一さん……」

初めて名前を呼ばれて、胸の奥が痛くなるような刺激を受けた。

先輩の心の扉がまたひとつ、大きく開かれたような気分になって。

「大好きになった女性の軀のいろんなところに口を寄せて、匂いを嗅いだり、舐めて、味わってみたくなるのは、普通のことでしょう。翔子さんのおっぱいも吸ってみたいんです」

「ああん、わたしをそんなに責めないで。とってもうれしいわ。あなたがわたしのことを、そんなに想ってくれているとわかって。でも、今はだめ……」

「今はだめって、なぜですか。さっきから、砂浜のまわりには誰もいません。二人だけです。恥ずかしがることはないと思います」

仰向けに寝ている先輩の両手が伸びてきて、両の頬を撫でられた。わがままを言って、駄々をこねている子供をなだめているようなしぐさだ。

「女の軀には、いろいろな問題があるのよ」

「えっ、まさか病気じゃないでしょう」

「健康よ。どこも悪いところはありません」

「それじゃなぜ、許可を出してくれないんですか。さっき、ぼくの男の肉を舐めてくれたでしょう。ものすごく気持ちよかったんです。女の人も大事なところを舐めてあげたら気持ちよくなるんだと、友だちから教えてもらったことがあります。それとも、ぼくの口じゃ、不満だとか？」

「わたしをそんなに困らせないで」

「困らせてなんかいません。ぼくは翔子さんが愛しいんです。愛しい人に気持ちよくなってほしいと思うのは、当たり前のことでしょう」

こうなったら、力ずくでも思いを遂げてやると、竜一はさらに強く、先輩の全身を抱きしめた。膨張を開始した男の肉にも、ますます力がこもってきて、彼女の下腹部を、グイグイ押しつける。

「あーっ、だめ。あなたのお肉が、どんどん責めてくるのよ。でも、もっともっと、わたしの軀は具合が悪くなっていくわ」

あわてふためいて竜一は、両手から力を抜き、覆いかぶさっていた下半身を持ち上げた。

「痛かったんですね。ムチャをしてごめんなさい」

「ち、違うの。ねっ、言うわ。ですから、ちゃんと聞いてくださいね」

先輩の声が涙声になった。

「翔子さんの言うことだったら、どんなことでも素直に聞きます」

「あのね、お墓参りする前、二人はキスをしたでしょう。久しぶりの長いキスだった。あなたのキスは、温かい思いやりがあって、うれしかったわ。それから、あなたは裸になって。その上、若い男性の神秘的な姿を明るいお日さまの下で、全部見せてくれたでしょう」

「すみません。ぼく、つい、その、いい気になって、翔子さんの迷惑も考えずに、とんでもないことをしてしまいました」

「ううん、怒っているんじゃないわよ。正直に打ちあけると、そのときからずっとわたしもエキサイトして、それでね、軀が熱くなって、濡れているんです」

（えっ、濡れてる……？）

雨が降ったわけでもなし、すぐ目の前が海でも、泳いだわけでもない。

そこまで考えて竜一は、思わず腹の中で、ほんとうですかと問いなおしていた。童貞同然の男でも、その程度の知識は脳味噌に蓄積されている。

「あの、今も濡れているんですか」

大真面目になって、竜一は問いなおした。

「いやーん、そんなに詳しく聞かないで。恥ずかしいでしょう」

「ぼくだって裸になったとき、亀頭の先っぽから、変な汁がいっぱい滲んできました。だから、翔子さんが濡れるのは普通のことだし、ぼくとキスをして濡れたなんて、光栄です。一人の男として認めてくれた大事な証拠だと思います」

「そうよ、ちゃんと認めました。そうじゃなかったら、あなたの裸を見ないわ。それに、白いおつゆで濡れたあなたのオチンチンに、キスなんかしません」

「ぼく、ますますキスをしたくなりました。いえ、クンニリングスを……。濡れている翔子さんの秘密の肉に……。そこには香水なんか一滴もつけていないでしょう。

翔子さんの秘密の壷の奥底から滲んでくる、自然の香りを嗅ぎたいんです」

先輩の両手がいきなり、竜一の首筋にギュッと巻きついてきたのだった。

顔を上げて、唇を求めてくる。今日、何回目のキスか忘れてしまったが、彼女の強い欲望を表わす情熱的なキスのような気がした。時をおかず、舌が絡《から》みあった。

吸われた。口の中に溜まっている唾を全部吸いとられていくような激しさだった。

「ねえ、女の軀は濡れてくると、ちょっと汚れることもあるのよ。お風呂も入っていないわ。臭ってくることもあって」

大きな瞳をクルッとまわして、先輩はやっと唇を離し、弁解した。

汚くなんか、ない。先輩の体内から滲んできた汁なら、どんな匂いがしたって神聖なのだ。汚れているんだったら、自分の舌と唾できれいに拭きとってあげる。竜一は一人で意気ごんだ。

竜一は上体を起こした。

あたりはすっかり闇に閉ざされているが、天空から煌々《こうこう》と照りつけてくる月明かりが、先輩の顔を青白く浮きあがらせる。

「脱ぐのね、全部……」

先輩の声が小刻みに震えた。唇をキュッと噛みしめて。

男の昂奮が怒涛の如く打ちよせてきた。自分が裸になったときの数倍のエネルギーが、軀中に充満してくる。

「ぼく、誰か来ないか、しっかり監視していますから、安心して脱いでください。デバ亀がいたら気味が悪いでしょう」

「ねっ、わたしからひとつ、お願いしてもいい？」

「はい、先輩のおっしゃることなら、なんでも喜んで聞きます。熱い火の中でも、冷たい水の中にも」

「ほんとうね、約束してくれるわね」

「もちろんです」

「それじゃね、わたしが裸になったら、二人で泳ぎましょう。あそこに大きな岩がふたつ並んでいるでしょう。波打ち際よ。その隙間で……。あそこだったら、誰が来ても見えないし、安心なの」

「そ、それじゃ、二人とも裸になって、ですか」

「そうよ。その前に、あなたはわたしの、ああん、ヌルヌルになったお肉に、キスをしてくれるのね。ほんとうに汚れているわ。だってね、さっきから困っていたんです」

「困っていたって、どういうふうに？」

「奥のほうから、お汁がジクジクもれてきて、パンティを汚しているんです」

そこまで白状した先輩の顔が、ドドッと竜一の胸板に倒れこんできたのだった。恥ずかしさのあまり、顔も上げていられないような。竜一の腕を強く握った指先まで、激しく震えているのだ。

先輩が過去、どんな男と付き合って、どんな遊びをしてきたのか、そんなことはなにも知らない。けれど、月明かりに照らされながら裸になっていったことなど、今まで一度もなかっただろう。

そういう自分だってまるで自信がない。女性器がどんな構造になっているのか、実物をじっくり見たこともないし、もちろんクンニの経験もなかった。舐め方のテクニックは行き当たりばったり……、だ。

しかも言い出しっぺは自分だった。男だったら臆してはならないと、気合を入れなおした。

「翔子さん、ぼくが脱がせてあげます。翔子さんの軀はすごく震えているんです。怖いんですか。緊張しているんでしょう。心配しないでください。なにかあったら、ぼくが全力を尽くして守ってあげます。ぼくって、喧嘩《けんか》に強いほうですから安心してください」

竜一は精いっぱい励ました。そして、さあ、立ってくださいとうながした。先輩、後輩の立場が逆転したような感覚に、竜一は浸って、酔った。こうしたときは、やっぱり男がリードすべきなんだと、妙に力んだりして。

先輩は竜一の肩に両手を預けながら、よろっと腰を上げた。

短パンの裾から、すらりと伸びる長い太腿が、目の前に迫った。月明かりに反射して、テラテラ光って見える。ほんとうになめらかで、美しい。

「あん、こんな場所で、あなたはわたしのパンツを脱がせるのね」

頭の上から先輩の切れ切れの声が届いた。

「今のぼくの昂奮度は、リミットを超えています。そのせいで、あの、ぼくの肉も濡れてきました。生温かい汁が滲んできて、ブリーフに染みついていって……、この症状は翔子さんと同じでしょう」

「ああん、ほんとうに？　お汁がいっぱい出ているのね」

「はい。さっきよりずいぶん多いんです。ブリーフがもう、ペトペトになっていて、気持ち悪いんです。そうだ、ぼくから先に裸になったほうが、翔子さんも脱ぎやすいでしょう」

思いたった竜一は、飛びはねるように立ちあがり、頭からシャツを脱ぎとり、ズボンのベルトをはずした。そしてブリーフもろとも引き下げた。汚れたブリーフを一秒でも早く脱ぎたかったこともある。

要した時間は、十秒もかかっていない。

窮屈から抜け出した男の肉がバネ仕掛けのオモチャのように、強い反動をつけ、月明かりに照らされた夜空に向かって、跳ねあがった。

浜辺は静まりかえっている。

(ぼくはラッキーな男だ)

竜一は本心からそう思った。昼間は太陽に向かって、夜は月に向かって男の肉を激しく、強くいななかせたのだから。それもたった一日で達成した快挙だった。

「お月様に照らされたあなたのペニスは、ほんとうに素敵よ。昼間は桃色に染まっていましたけれど、今は濃い紅色だわ。あーっ、わたしも早く裸になりたくなったわ、あなたと同じように、全部脱いで……」

股間に突きあがる男の肉をユラユラ揺らしながら竜一は、一歩前に出た。

(どこから脱がせればいいんだ?)

考えは瞬時にまとまった。スイミングスーツを着ていたときの先輩の胸は、ほぼ平板に見えた。しかし薄いシャツを着ている今の胸は、ゆるやかな盛りあがりを描いている。

（おっぱいが先だ）

そう考えついたとき、竜一は先輩のシャツの袖をつかんで、スルスルッと巻き上げた。抵抗の力は加わってこない。いや、抗《あらが》うどころか先輩は、両手を万歳させて脱がされることに協力してきたのだ。

シャツの下から現われたのは、淡いブルーのようなブラジャーだった。月明かりを受けているせいで、正しい色がつかみにくい。いや、色あいなど、今となってはどうでもいい。意外なほど深い谷間を描く乳房を、小さめのカップで、下側から支えているのだ。

竜一の目は彷徨《さまよ》った。

ブラジャーをはずしてしまうのが先か、それとも、皺を刻みはじめた短パンを脱がせるのが先か、と。ブラジャーの色と形がはっきりして、竜一の手は短パンのファスナーにかかった。

息があがった。吸っていいのか、吐いていいのかもはっきりしないほど昂奮してきていた。が、竜一の指が短パンのファスナーにかかっても、先輩の足は逃げていかない。身を任せているのだ。

作業を急いだ。

急に、途中でいやよと拒否されたら、素っ裸になってしまった自分がかわいそうすぎる。腰を折って竜一は、ひと思いに短パンをずり下げた。ブラジャーと同じ色合いの、ちいさなパンティがあらわれた。竜一の目には、確かにそう映った。が、大きな違いは、ブラジャーに比べてそのデザインが、かなり派手目だったことだ。

股間を覆う逆三角形の切れあがりは、大胆すぎるほど鋭い。

プールサイドで何度も目にした先輩の水着も、股間の切れあがりは鋭角を描いていた。鋭いV字型……。が、アスリートの美しさに見ほれていたことは何度もあったが、そのスイミングスーツを脱がせてみたいという欲望は、正直なところ、ほとんど頭の中に浮かんでこなかった。

しかし、月明かりに照らし出されたV字型パンティは、腰まわりが紐一本で吊されているだけで、あまりにも危うく、すぐさま脱がせてしまいたい衝動にかられたのだ。

「ねっ、わたしはどうすればいいの？　もう、ランジェリーだけなのよ」

先輩の声がかすれて、消えた。

竜一は考えた。あたりを見まわしても、裸のお臀を下ろす場所が見つからない。やっぱり、汚れ役は男が担うものであると竜一はすぐさま結論を下した。

「翔子さん、ぼくは砂浜に仰向けになって寝ますから、パンツもブラジャーも取って、ぼくに跨《また》がってきてください」

彼女の返事も聞かないうちに、竜一は砂浜に仰臥《ぎょうが》した。尻の割れ目に細かな砂が入ってきて、少しくすぐったい。そのくらいのことは、我慢の一文字である。だが、屹立した男の肉はへたれることもなく、月夜に向かって、それは勇ましく、垂直に勃ちあがったのである。

竜一の動きに先輩はあわてた。

「跨るって、あなたのお腹の上に……？」

先輩の声音はどんどん沈んでいく。

「違います。ぼくの顔の上に、です。ぼくのお願いは翔子さんの肉の裂け目の匂いを嗅いで、それからどんな味なのか、舐めることです。お腹の上に跨ってもらっても、鼻や口が届きません」

初めてクンニリングスに挑戦するにしては、自分でも満足するほど竜一は、はっきり己の意思を伝えた。

「あぁーっ、わたし、そんな恥ずかしい恰好、できるかしら」

竜一の強い物言いに反して、先輩の声はひ弱になっていく。

竜一は察した。もしかしたら先輩も、クンニリングスをしてもらうのは、初めてなのかと。それも月明かりに照らされる砂浜で、なんて。

それでも先輩は右手を背中にまわして、ブラジャーのホックをはずした。ふたつのカップがはらりと舞って、砂浜に落ちた。真下から見あげる乳房は、円錐型か。乳首はいくらか尖っているようにも見え、手のひらをかぶせると、すっぽり収まってしまうかわいらしさに映った。

乳房をあらわにした勇気は、先輩の行動を止めなかった。

一本の紐で吊るされただけのパンティの腰に手を当てると、結ばれた紐をスルスルッとほどいた。チラッと見えたお臀を覆う布はほとんどなく、割れ目深くに食いこんでいたらしい紐が、するりとずり落ちたのだった。

(あっ、翔子さんのヘアだ……)

薄闇の中に浮きあがった股間のヘアは、小さな楕円形のような。

面積は狭そうだが、茂みは濃く見える。

「あん、全部脱いだわ。ほんとうに、あなたのお顔に跨ってもいいのね」

「和式のトイレに座る感じで、お臀を下げてきてください」

「あーっ、知らないわよ。ほんとうに濡れているのよ。汚いと思わないでね」

先輩とはとても思えない素直さで、彼女は竜一の顔を跨いで、少しずつ腰を沈めてきたのだった。

(もっと明るさがほしい)

竜一は切に願った。徐々にお臀は下がってくるのだが、月明かりはほとんど届かないので、肝心の部分は黒い翳《かげり》にしか映ってこない。しょうがないなと竜一はあきらめた。その代わり、顔に向かって沈んでくるお臀の頂を、両手で支えもった。キュッと引きしまった肉の盛りあがりが、手のひらを圧迫してくる。

(もう、待てない)

竜一は顔を浮かせ、左右に割れた太腿の真ん中あたりを目がけて唇を差し出した。ふんわりと漂ってきた匂いは、完熟したピーチの皮を剝いたときの、甘くて、少し酸っぱさも残っているような。いや、ピーチだけじゃない。大粒のブドウの香りにも似ている。

甘い匂いに誘われた。

無我夢中で竜一は、芳《かんば》しい匂いが吹きもれてくる肉の狭間に唇を押しつけ、舌を差しこんだ。

「ああっ、竜ちゃん！」

先輩は確かにそう叫んだ。両足を大きく開いて跨っている先輩の全裸が顔の真上でグラリグラリと揺れた。自分の軀を支えることもできなくなったのか、先輩は砂浜に両手をついて、犬這いの恰好になる。

先輩が苦しそうな小声をあげるたび、黒い翳に向かって差しこんだ舌先に柔らかい肉がまとわり付いてきて、濃厚な体液をジュクジュク滲ませてくるのだ。舌先を尖らせて、さらに深く差しこんだ。

竜一は口に垂れ流れてくる体液を、喉を鳴らして飲みほしていく。

複雑に入り組んでいるらしい肉の襞《ひだ》が、舌先を吸いあげていく。

薄闇でも舌の動きはどんどん活発になっていく。肉の裂け目の上端まで、舐めあげた。小さな肉魂が、舌先で転がった。

「あーっ、竜ちゃん、そ、そこ……、もっと舐めて。いいの、気持ちいいの。ねっ、そこはわたしの一番感じるところよ。吸ってちょうだい。強めで、ね。あーっ、わたし、もう、いってしまいそう」

切れ切れの声を発しつづける先輩の乳房が、激しく揺らめいたように見えた。肉の裂け目から口を離さず両手を伸ばし、揺れ動く乳房を鷲づかみにした。

とても、柔らかい。が、乳首だけが固くしこって尖っているのだ。指先で乳首を挟んで、つっと引っぱった。固い蕾《つぼみ》が、さらにしこった。

「ねっ、山城くん……、ううん、竜一さん。そうじゃないわ、竜ちゃん……、もう、わたし、我慢できないの。いいでしょう。入れてもいいわね」

うわ言のようにつぶやいた先輩は、腰をずらした。ヨロヨロと少しずつ股間をずり下げ、力衰えず直立したままの男の肉の先端に、肉の裂け目をあてがった。

竜一は目を閉じた。そして丹田《たんでん》に力をこめた。

ソープランドで三回遊んだとき、挿入時に泡嬢たちは実に手際よく、ゴムをかぶせてきた。だから、正しい性行為に及んでいなかったと、竜一は解釈していた。が、今は正真正銘の生《なま》である。膣内の温かさとか、襞のよじれが直接伝わってくるのだ。

感動、快感のあまり、

(入れたら、すぐ発射しそう)

だらしのないことになったら、先輩に笑われる。どこまで我慢できるかが勝負になるのだが、たった三、四時間前に、男のエキスのすべてを放出したつもりなのに、亀頭の先端が先輩の肉の狭間にちょこっとこすれただけで、肉棒の根元はビクビクと蠕動《ぜんどう》して、噴射の兆しを教えてくるのだった。

（具合が悪い……）

だらしのない男だったのねと叱責されたら、どうしよう。

深く悩んでいる時間はなかった。先輩の股間がスルスルとずり下がってきて、あっと言う間もなく、肉の棒の先端は、ヌルリと深みに嵌《は》めこまれた。

奥に行くにしたがって、膣道のまわりは熱いほど温かくなり、複雑に入り組んでいるらしい肉襞が、四方八方から男の肉にまとわり付いてくるのだ。

「あーっ、竜ちゃん、入ってきたわ。大きいの。みっしり埋まってきて。ねっ、少しだけ、動いてちょうだい。突き上げてほしいの。いやーん、あーっ、もう、ねえ、子宮の入り口に届いているみたいよ。ツンツン突いてきます」

間歇的な喘《あえ》ぎ声を放ちつつ先輩は、激しく股間を上下した。それは猥らしい粘り音、摩擦音が静かな波打ち際に向かって、這っていく。

竜一が腰を遣う必要はなかった。

股間に跨って、男の肉を膣奥深くまで迎え入れた先輩の腰が、上下、前後、さらには円を描くようにして、大げさに表現するとのたうちまわるのだった。

（こんなに激しい女性だったのか……）

竜一はびっくりした。スイミングスーツを着て、颯爽と泳いでいたときの先輩とは、人が違うほど乱れ、荒々しい。だが、先輩の股間のうごめきは、竜一の官能神経をさらに刺激する。

「翔子さん……」

あまりの心地よさに竜一は助けを求めた。

いや、心地いいというより、先輩のあまりにも激しい股間の動きに、驚いていると表現したほうが適切かもしれない。

竜一の叫びなど聞こえていないのか、彼女の肉体は、男の肉を貪りまくり、おびただしい体液を吹きもらしてくるのだ。

（いきそうだ……）

挿入して二分も経っていないのに、竜一はギブアップしそうになった。こんな淫らな交わりこそが、ほんとうの男と女の真の行為なのかと、教えられて。

「うぐっ……」

竜一はうなった。

いきなり先輩は唇を沈めてきて、竜一の舌を奪ってきたからだ。

奪うという表現が、もっとも適切のように、竜一は感じた。唇が重なるなり先輩は、舌先で唇を割ってきて、それは強引に舌先を差しこんできたからだ。おびただしい唾が流れこんできた。

そして吸いあげる。息もつかせない。

「竜ちゃん、きて……。もう、わたし、だめ」

やっと唇を離した先輩は、息も絶え絶えに、苦しそうにうめいた。

次の瞬間、先輩の顔が、竜一の肩口にドサリと倒れてきたのだった。が、男の肉をくわえ込んだ先輩の肉の裂け目は、ヒクヒクとうごめきつづけ、男のエキスを絞り出そうとする。

「ぼくも……、です」

竜一はそう叫んだつもりだった。しかし、声にはならなかった。その代わり、先輩の膣奥深くに埋まった亀頭の先端から、留まることを知らない大量のエキスが、ドクッドクッと放射されていったのだった。

第三章　一夜だけの水汲み女

翌朝、宿《やど》で目が覚めたのは、七時半をすぎていた。障子戸を通して、明るい陽射しが射しこんできたせいで、早く起きてしまった。山城竜一が一泊の宿をとったのは、八重根港《やえねこう》という漁港の近くにある旅館で、その屋号は『黄八旅館《きはちりょかん》』といった。自宅を出発するときから予約していたわけではない。

飛びこみだった。

昨日の夕方、宿を探しているとき、潮風にはためく幟《のぼり》に、『黄八旅館』と記されていたから、ついさっき別れたばかりの畠中翔子先輩が、黄八丈の染物を勉強しているという言葉を思い出し、縁があるかもしれないと飛びこんだのである。

(さあ、今日はなにをするか)

真新しい床板が敷かれているテラスに出て、竜一は大きく背伸びをして深呼吸した。海風が芳《かぐわ》しい。

道路を挟んだ向こう側、二百メートルほどのところにある港には、十数艘の白い漁船が繋留されていた。いずれも長さ三十メートルほどで、近海を漁場としている船だろう。

新鮮な海風を腹いっぱい吸いこんで、気分は爽快だ。神田に住んでいると、潮の匂いなど感じることもない。

翔子先輩は今日一番の飛行機で帰京すると言っていた。竜一はせっかく八丈島まで来たのだから、今夜は八丈島に泊まりますと、先輩と別れたのだった。

八丈島に来る次のスケジュールが決まったら連絡を入れますから、携帯番号を教えてちょうだいとせがまれた。隠すことはなにもないし、先輩と二人で八丈を訪れるチャンスがあったら、万難を排してお供する気持ちに変わりはない。

そのとき、大きな松の枝をあしらった襖《ふすま》戸が軋《きし》み音を鳴らして開いた。

「おはようございます。もうお目覚めでございますか。すぐに、朝ごはんを用意しますから、しばらくお待ちください」

丁寧に挨拶して入ってきたのは、この宿の女将だった。昨日の夕方、迎えてくれたのもこの女将さんで、名前は明渡瑠衣《あけどるい》でございますと、自己紹介した。飛びこみの客だというのに、女将はとても愛想よく、親切に迎えてくれた。

小さな簪一本を嵌めた長い髪は淡い栗色に染められ、頭の後ろに丸く結い上げたヘアスタイルは、落ちついた雰囲気を醸していて、格子縞の着物と紺のエプロンがよく似合っている。

自分よりずいぶん歳上なのかもしれないが、こういうタイプの女性を和服美人というのだろう。優しそうで、しかも、ひとつひとつの所作が上品な女性だと、竜一は昨日の夜から、ちょっと気になっていた。

父親が経営する神田の料亭『水無月』に、一週間に何度か、母親は女将としてカウンターに入っているが、『黄八旅館』の女将よりずっと無口で無愛想だったかもしれない。

布団をたたみながら女将は、チラッチラッと竜一に視線を向け、そのたびに物珍しそうな笑みを目元に浮かべた。でも、ちょっとおかしい。お客の布団をたたむ仕事は仲居の役目で、女将の仕事ではないだろう、と。が、そんなことにはまったく無頓着で、手際よく布団を片付けていく。

「若い男性がお一人で八丈にいらっしゃるのは、とても珍しいことなんですよ」

女将の言葉は、明らかに探りを入れてきている。

「勉強ばかりしていると、ときどきむしゃくしゃするので、ストレスを発散させてやろうと、気晴らしのつもりで八丈島行きの飛行機に乗ってしまったんです」

詳しい事情はしゃべりたくないから、いい加減な理由を伝えた。

「それじゃ、大学に……？」

「神田にある大学の二年になった青二才です」

竜一はわざと僻《ひが》みっぽく答えた。

「いいえ、わたしの目はごまかせません。お客様は東京にいらっしゃる素敵なガールフレンドと、ご一緒にお出でになったんじゃありませんか。もしかしたら、その女性は八丈にご実家かご親戚があって、昨夜はそのお宅にお帰りになったんでしょう。仕方なくお客様は、寂しい独り寝になってしまったとか……。当たりじゃございませんか」

翔子先輩をガールフレンドと見立てたら、半分くらいは当たっている。

そのときになって竜一は、男のわがままを少しだけ反省した。

先輩は誘ってくれた。祖父の家は大きくて部屋はいくつもありますから、泊まっていってちょうだい、と。が、竜一は丁寧に断った。

真昼の太陽に向かって一回、月明かりの美しい夜に一回と、自分でもびっくりするほど大量の男のエキスを放出した結果、腹の底あたりが軽くなって、今夜は一人でゆっくり眠りたいという気分になっていたのだ。

先輩は八丈島の一夜を共にすごしたいと誘ってくれたのだろうが、あっさり断ってしまった自分の身勝手を、お詫《わ》びしたくなったのである。翔子さんが大好きになりました。愛していますと、一日中、何回も訴えていたのに男のエネルギーが空っぽになると、とても冷たい男になってしまうんだと、自分を叱《しか》ったりして……。

半分くらい図星を指され、苦笑いしながら竜一は、女将に口ごたえをした。

「かわいらしくて素敵なガールフレンドがいたら、一人で飛行機に乗って、八丈島まで来ませんよ。二十歳になっても、まだ恋人の一人もいないんだから、ぼくはとても不幸な人生を送っているのかもしれませんね」

「でも、ほんとうに珍しいんですよ、若い男性がお一人で島に来られるのは。ほとんどはカップルやグループで。たまに釣りを楽しみたいと、中年のおじ様が釣竿を担いで、一人でいらっしゃることはございますが」

「八丈島の近海ではキンメ鯛がよく釣れるそうですね。東京のレストランでキンメの塩焼きとか煮つけを注文すると、目の玉が飛び出るほどの料金を請求される高級魚らしいです」

枕カバーとシーツをひとまとめにして両手にかかえ、女将はテラスに出てきた。そして、お洗濯ものがあったら、洗ってさしあげましょうかと気配りは充分なのだ。汚れたパンツはバッグの奥にしまったから、洗濯物はない。

「洗濯物が出るには、あと二、三日泊まらなければなりません」

竜一は冗談っぽく答えた。

「お客様は確か、山城、竜一さんとおっしゃいましたわね。宿帳に書かれた達筆を思い出しました」

「ぼくの字は、そんなに達筆でしたか」

「はい。最近の若い方のほとんどは、パソコンとかワープロを使って、鉛筆やボールペンで字を書かれないせいか、お上手な字を書く方は、めっきり減ってきたようですよ。でも、山城さんの文字は、ほんとうに堂々として、立派と、わたし一人で感心しておりました」

お世辞半分でも、文字を誉められたのは初めてのことで、なんだか面映《おもは》ゆく、ウキウキした気分になったことは間違いない。それというのも、女将の表情がとても和《なご》やかで、これほど親身になって世話をしてくれる女将の旅館だったら、もう一泊してもいいかな……、と考えてはじめていたからだ。

大学の講義さえ都合をつけたら、何日逗留しても構わない。竜一はその気になった。

「もし部屋が空いていたら、今夜も泊まっていこうかなと、今、考えたところです。

獲れたての新鮮な魚料理も、まだ食べていませんから」

女将の美しさとか優しさに引きよせられて、つい口をすべらせてしまったところもある。

女将の目元がすぐにほころんだ。

「自慢じゃありませんけれど、今夜予約のお客様は、一人もいらっしゃらないんですよ。山城さんの専用旅館になってしまいましから、八丈島が飽きるまで、何泊でもしていってくださいな」

「えっ、ぼく一人……」

「はい。あっ、そうだわ。今夜のお食事はキンメづくしで、わたしがお料理しましょう。おいしいお酒もありますから、山城さんのご都合さえよかったら、二人で大いに盛りあがりませんか。今日のお客様は、山城さんお一人ですから、板さんも、お掃除をする人もいなくて、わたし一人しかおりませんから、のんびりお酒が呑めますでしょう」

思ってもいなかった方向に話が展開して、竜一は胸のざわつきを覚えた。

女将が二人で盛りあがりましょうよと言ったのは、二人で盛大に呑みましょうという言葉と同義語であると、竜一は自分の都合のいいほうに理解した。

とくにスケジュールを決めて、八丈島に来たわけではない。祖母に頼まれたおつやさんの墓参りも無事に済ませたのだから、たった一夜くらい、自分の時間を作っても叱られまい。

しかし、竜一はほんの少し気をまわした。

「女将さんの手作りのキンメ料理を食べて、おいしいお酒が呑めるのはうれしいんですが、そんな勝手なことをしたら、ご主人に怒られませんか。『黄八旅館』のオーナーは、ご主人なんでしょう」

竜一は用心深く聞いた。

女将と差し向かいで酒を呑んでいる最中、ご主人が怒鳴りこんできたら、ひと騒動になるかもしれない。一見《いちげん》の客と酒盛りをするとはけしからん！　とか言って。躯は頑丈にできているが、余計な喧嘩はしたくない。

女将は優しい人だから、ご主人も優しくて物分かりのいい人とは限らない。

そのとき急に女将は、汚れたシーツや枕カバーをぽいと床に投げて、テラスの真ん中に置かれていた竹製の長椅子に力なくふわりと腰を下ろした。そして、物憂げな手つきで、後れ毛を撫でた。

明らかに女将の態度は急変したのだ。竜一はなにか気にさわることでも言ってしまったのかと気をもんだ。

「こんなことを、初めてお見えになったお客様に、お話しするのはお恥ずかしいことですが、主人は四年ほど前、亡くなりました」

恨めしそうな目つきになって、女将は声を低めて言った。

「えっ、亡くなった……？」

「三十九歳の働き盛りのときに」

「ご病気でしたか」

「いいえ、主人が所有する漁船の事故でした。漁場に向かっている最中、大きな横波を受けて船は転覆して、帰らない人になってしまいました。主人は船長でしたから、被害をできるだけ防ごうと、最後まで船に残っていたようです。事故当時のことは漁労長から聞きました」

竜一は、女将を慰めてあげたくなったが、適当な言葉が頭に浮かんでこない。

「すみません、悲しい事故のことを思い出させてしまって」

素直に謝るしか方法がなかった。

「主人の遭難は、風や波のせいだけではなかったと、わたしは今でも思っているんですよ。もちろん、主人の操舵にミスがあったとも考えられません」

明渡家を襲った不幸な事故を、二度と思い出したくないというような、苦渋に満ちた言葉が、女将の口を重くしていく。

「遭難の原因はほかにあったと、女将さんはお考えになっているようですね」

竜一は女将の顔をそっとうかがった。

瞼は閉じている。薄い紅を施した頰に小刻みな震えを奔らせ、赤いルージュを注した唇をキュッと引きしめて。それは苦悶の表情……。事故は四年前の出来事だったらしいが、女将の脳裏には昨日のことのようによみがえっているのかもしれない。

「事故の原因が、ほかにあるようですね」

「はい……。考えれば考えるほど気味が悪くて、怖い話なのです」

かなり深刻なのだ。

女将は慎重に言葉を選びながら話しはじめた。

——明渡船長の漁船が八丈島の北側に位置する底土港《そこどこう》を出港したのは、四年前の二月下旬だった。その日は天気晴朗だったが、極寒の早朝だったらしい。乗組員は船長を頭《かしら》として八名。

が、港から二十海里ほど先を順調に航行していた『黄八丸』に悲劇が襲った。いきなり高さ十メートル以上もありそうな横波が、幾重にもなって船腹に打ちよせたのだった。

船長は舳先《へさき》を大波に向け、転覆を免れようと懸命に舵を切った。

大波と格闘すること三十分ほど。しかし、『黄八丸』はあえなく海の藻屑と化した。乗組員八名のうち、五名が僚船に救助されたが、残る三名は今も遺体が発見されていない。

明渡船長は海洋気象の変化についてはとくに慎重で、その日は操業に差し支えないと判断して出港した。船長は船員の命を預かっているのだから。

だが、予期せぬ大波が『黄八丸』を丸ごと飲みこんだ。

漁業関係者の間では、漁場《りょうば》に急ぐあまり明渡船長は、あの海域にお神酒《みき》を撒き、祈りを捧げる習慣を怠ったのではないかと、今でも密かに語られている――

そこまで話した女将の肩が、かすかな震えを奔らせながら、力なく落ちた。

（お神酒ね……）

竜一は頭の中で、何度も考えた。

超大型の船舶でも、進水式のときには舳先に酒を撒いて、航行の無事を祈る習慣があると聞いたことがあった。事実、テレビなどでも放映されていた。しかし女将の話を聞いていると、その海域に入るたび、八丈島の漁師たちは毎回お神酒を撒いて、祈りを奉げる習慣があったようだ。

（なんのために……？）

漁師には酒好きが多い。海に撒く酒があったら、呑んだほうがよほど活気づくだろうに、と。

「その海域で以前、なにか大きな不幸があったんでしょうか。ご遺体は今になっても海底で眠っているから、哀悼の意味をこめてお祈りをする習慣が、今もつづいているとか。ところがご主人は、お祈りを忘れたために大波に襲われ、遭難した……、とか」

推測でものを言ってしまって、そんな神がかり的な呪いが現代社会でまかり通っているとはとても考えられないと、竜一はたった今、話した言葉を全面撤回したくなった。

「山城さんは、絶対信じられないとおっしゃるかもしれませんが、八丈の漁師さんの中には、恐ろしいことだ、かわいそうなことだと、今でも月に一度はその海域に出向いて、海にお花を投げてご冥福を祈っていらっしゃる方もおられます」

女将の目が助けを求めるように、竜一に向けられた。

自分の軀が吸いこまれてしまいそうなほど、悲しそうだ。いや、ぼくになにかを

必死に訴えている顔つきだと、竜一はじっと見返した。でも、

（ご冥福……？）

ますますわからなくなってくる。しかし、今にも泣き出しそうなほど悲しむ女将の表情を見守っていると、とても聞き捨てにできない状況に追い込まれていく。言い換えれば、他人事ではなくなっていくような。

「ぼくでよかったら、詳しい話を聞かせていただけませんか。女将さんのこんなに寂しそうな顔は、見ているほうも辛くなってきます」

長椅子に並んで座っていた腰を、竜一は少し詰めた。

長話をするのは今が初めてなのに、ずっと以前から親しくさせてもらっていた隣の家のお姉さんという感じもしてきて。

肩を落としていた女将は思い直したように姿勢を正し、ふたたび語り始めた。

――二百年近くも昔から、八丈島は流人の島として知られていました。大きな罪を犯した人に対する刑罰では死罪の次に重いお裁きとして、島送りになったのです。いつの時代だったのか、はっきり聞いておりませんが、流罪になった罪人の数人が共謀して、島抜け……、わかりやすく言いますと、八丈島から脱出しようと、島の漁師が所有する小舟を盗んで、荒波の中、出港したのです。

陸では荒くれ男でも、海では赤子同然で、荒波には勝てず沈没したそうです。罪人ばかりの脱走でしたら、これほど恐ろしい呪いが今の時代までつづかなかったでしょうが、彼らは人質として一人の少女をかどわかし、小舟に連れこんだのです。もちろん、少女も亡くなりました。少女は罪を犯して流罪になった女性ではなく、島で生まれ、島で育った純真な少女だったようです。歳はまだ十五、六だったとか。島抜けを企てる悪人は後を絶たなかったようですが、八丈島の長い歴史で、本土まで辿りついた島抜けの成功例は、たった一例しかなかったと、わたしはずいぶん以前、祖父から聞きました――

女将の話はそこで一段落した。

その話を伝え聞いている漁師の人々は、悪人どもに連れ去られ、海中に没した少女の無念をお悔やみする意味で、その海域に入るときは、海に向かってお神酒を撒き、手を合わせることを常としていたらしい。

が、明渡船長は漁場に急ぐあまり、うっかり慰霊の儀式を忘れ、災難に出くわした……。概略はこんなところだろうと、竜一は己の頭で整理した。しかし、話は少々飛躍しすぎているんじゃないかと、竜一は冷静な判断も忘れない。

一人の少女の無念の思いが、悪天候でもないのに、大波を掻きたて、漁船を襲うとは、ミステリアスなオカルト漫画の世界じゃないか。だが、一笑に付してしまったら、半ば泣きべそ状態でご主人の死を語った女将を侮蔑することになる。

「島抜けを企てた悪人どもはどうでもいいんですが、せめて、人質になって小舟に乗せられた少女の名前はわからないんでしょうか。遺骨はなくても、お墓を立ててあげて、島の人が順番で面倒を見てあげたら、海を荒だてるような悪さは控えて、海の安全を約束してくれるかもしれません」

わりと真面目に竜一は進言した。

竜一が話し終えたとき、女将の手がなんの前ぶれもなく竜一の手に伸びてきて、ギュッと両手で挟んだのだ。そのときになって、初めて竜一は女将のしなやかな指の感触にふれた。年齢は定かでないが、マニキュアも施していない指先は、まさに白魚のように白く、なめらかで、ほっそりとしていた。

(女将さんはきっと寂しかったのだろう……)

ご主人が亡くなったあと、親身になって相手をしてくれる人もいなくなったのかもしれない。おそらく美人すぎる容姿が、島民との距離を作って、仕方なく竜一のような若僧に、愚痴のひとつもこぼしたくなったのかもしれない。

竜一は尻をずらし、女将との距離を縮めた。逃げる様子はない。いや、女将の両手にはさらに強い力が加わったのである。

「義理の祖父や、そのお仲間から聞いた話ですが、不確かなところはたくさんあるんです。なにしろ江戸時代のことですから。それで、その少女のお名前は、おきくさんとおっしゃって、五人姉妹の末っ子さんだったらしい、とか」

（えっ、五人……！）

反射的に竜一は、強い力で胸を打たれたような衝撃を受けた。

今回、八丈島を訪れたのは、『水無月』の初代当主である山城屋弥四郎の娘であるつやの墓参りだった。つやは八丈島で五人の子を産んだと、祖母から聞いた。あいにくと五人の子供たちが、すべて女かどうかは聞いていなかったが、五人という数字が符丁する。

偶然とは考えられない。

だとすると、あくまでも仮定の話として、竜一の脳裏は目まぐるしく回転した。

おつやさんと自分のつながりは、蜘蛛の糸のように細いが、間違いなく血縁関係にある。そのおつやさんの娘であるおきくの呪いで、『黄八旅館』のご亭主である明渡船長が亡くなったとなると、自分はおきくの呪いの片棒を担いでいることになるではないか。

事の真偽は別として、明渡船長の死を他人事では済まされない切迫感に、竜一は苛《さいな》まれた。百五十年も昔の出来事が、今の時代の恐ろしい海難事故とつながっているとすると、笑い話では済まされない。

竜一はなぜか、指に絡んできた女将の手を、強く握りかえしていた。半分くらいはお詫びの心をこめて、だ。もしかしたら、女将さんのご亭主を殺した犯人のおきくは、ぼくの遠縁に当たる女性かもしれません、と。

それが事実とすると、今夜の酒盛りは中止だ。もちろんキンメづくしの女将の手料理も、ふいになる。

「その昔から、主人が亡くなった海域は黒瀬川《くろせがわ》と呼ばれ、潮の流れがとても速く、江戸時代から船頭泣かせの難所だったそうです。今はフェリーを利用すると、東京から十時間ほどで着きますが、江戸時代は五百石船で十日以上もかかったそうです。ですから、主人の船が荒波を受けて沈没したのは、おきくさんの呪いではなく、たまたま潮の流れが速くなったのではないかと、わたしは考えることもあるのです」

女将の言葉は、女将の優しさを匂わせてくる。頭の隅では、おきくを犯人扱いしたくないという思いがあるのかもしれない。同時に、そんな他愛もない呪い話で、大事な主人を失ったのではないと、女将は訴えているのか。

「事故が起きたのは四年も前のことで、冷たい言い方かもしれませんが、今になって、いくら嘆き悲しんでも、ご主人は還ってこられない。だったら、これからはご主人の分まで明るく、和やかにすごされるほうが、気持ちは楽だと思いますが……。すみません、ぼくのような青二才が、偉そうなことを言って」

竜一が思いついた最高の励ましで、これ以上、おきくさんとおつやさんの関係を詮索したくないという思いも強かった。

女将の瞳に、やっと美しい笑みが戻った。

が、精神状態が正常に戻っても、女将の指は竜一の手から離れない。

「昨日の夕方、山城さんがひょっこりお見えになったとき、わたし、十九年前の主人の姿を思い出したんです」

「えっ、十九年前？　なんのことですか」

「亡くなった主人はそのとき二十四歳で、わたしは十八になったばかりでした。高校を卒業してすぐ、あの人はお祖父《じい》様の船に乗って、漁師修業を始めました。将来は島一番の漁師になってやると意気ごんでいました」

「女将さんは、そんな働き者のご主人を愛してしまった」

「はい。それが、あの……、こんなことを申しあげたら、迷惑と思われるかもしれませんが、山城さんと主人の雰囲気がとても似ていて、わたしの気持ちとか軀が、十九年前のわたしに逆戻りしてしまい……、昨日の夜はちょっと昂奮して、ゆっくり眠れない一夜をすごしてしまいました」

「ぼくとご主人は、そんなに似ているんですか」

「いえ、お顔とか軀つきは似ていませんよ。主人は目が大きく、お客様よりずっと怖そうな顔でしたし、体型もがっしりしていました。でも、包容力があって、わたしのわがままを黙ってなんでも聞いてくれました。山城さんは、わたしよりずっとお若いのに、わたしの愚痴や泣き言を黙って聞いてくださるような、そんな感じがしたんです。それでつい、甘えてしまいました。ごめんなさい、わたしのようなおばさんが子供みたいなことを言ったりして。ご迷惑でしょう」

「迷惑だなんて、とんでもない。亡くなったご主人に似ていて、ぼくはラッキーです」

「それでね、もう一度や山城さんとお話をしたくなって、仲居さんの仕事を横取りして、お布団の片付けをさせてもらっているんです」

理由はよくわからないが、竜一はなんだかとてもうれしい気分に浸った。自分より十七歳も歳上の女性に、ものすごく頼りにされているという実感が、ふつふつと湧きあがってきたのだった。

「ご主人の代役になるんだったら、ぼくを大いに利用してください。ただし、漁船の船長はできません」

きっぱり言いきったとき、女将の顔がポッと赤らんだ。三十七歳になった女性なのに、笑窪の浮く頬や唇に、子供っぽさが残っている。

それに……、竜一は感心した。三十七歳になった女性の肌が、こんなにきれいだったのか、と。顔はツヤツヤしているし、首筋もほっそりとして、きれいだ。

四年前の沈没事故にまつわる話は一段落したが、竜一の胸のうちには、魚の小骨が喉に刺さったような不快な思いが残っている。悪党どもに連れ去られ、いまだ海中深くに放置されているらしいおきくさんの正体が、どうしても気になって、だ。

ひょっとすると、はるか遠い昔であっても、自分の縁戚関係にある女性ではなかったのか。だとすると、知らぬ存ぜぬで、ほうっておくわけにはいかない。責任の一端はあるのかもしれない。

「女将さん、明日にでも、ご主人が亡くなった海域まで船を走らせ、ご主人の供養をしてあげませんか。ご主人だけではなく、おきくさんに対しても、心からのお悔やみを伝えたら、これからは、悪さをしなくなるかもしれないでしょう」

やっと思いついた打開策を女将に伝えた。

「まあ、わたしと一緒に……？」

「ぼくは今、荒波に巻きこまれて亡くなったおきくさんが、赤の他人とは思えなくなってきたのです。もしかしたらの話ですが、彼女のルーツを探っていくと、ぼくの祖先がどこかでつながっているかもしれないでしょう。日本は狭い国ですから」

自分が今、女将を慰める言葉としては、その程度しか思いつかなかった。

「あなたはほんとうに優しい方なのね。慰霊の船を出しましょう、なんて。それに、主人だけではなく、大昔に亡くなった女性にも、優しい気配りをなさっていますから。だって、おきくさんはほんとうに生きていた女性かどうかも、はっきりしないんですよ。その当時は戸籍謄本とか、住民登録などなかったはずです」

「ぼくは二十歳になったばかりの、未熟者です。さっきも言いましたけれど、ガールフレンドは一人もいないんです。でも、どんな人にも心温かく接していく男になれと、肝に銘じています。その心構えは、祖母から厳しく教育されていました」

ふっと女将の顔があがってきた。

瞳が潤んでいる。

「どんな人にも……、の中に、わたしは入っているのかしら」

女将の上体が、横にずれて胸板に接触してしまいそうなほど、顔が倒れてきた。

（あっ、ちょっと待ってください）

竜一はあわてた。

起き抜けだった。宿の浴衣を着ているものの、襟元は乱れ、胸板が剝き出しになっていた。とてもだらしない。だから、逆三角形の分厚い胸板に女将の生温かい息遣いがもろに吹きかかってくるのだ。

（ぼくって、いやな男だ。節操のない男だったんだ）

竜一は己を戒めた。

昨日の夕方、翔子先輩は祖父の家に泊まってちょうだいと誘ってくれた。が、お腹の底のほうが軽くなったせいで、失礼がないよう、お断りした。今夜は一人でゆっくり眠りたいと考えていたからだ。

ひと晩寝ただけで、新しいエネルギーが無限に湧きあがってきたのかもしれない。女将の荒い息遣いもすごく気持ちいい。甘い香水の匂いも、全然気にならない。甘えきった表情で胸板に迫ってくる女将の全身を抱きしめたい衝動にもかられてくる。

ひと晩寝ると、男の気分はまったく変わってしまうものだと、竜一は自分の移り気に、ややあきれているのだ。

けれど、ご主人が四年前に事故死して、今は独り身なのだから、ほかの男に抱かれたって『黄八旅館』の女将は、浮気者だと後ろ指を指されることもないだろう。

どんどん昂揚していく自分の気持ちを必死に抑えながら、

「今のぼくにとって女将さんは、ものすごく魅力的な女性になってきました」

勇気を奮い起こして竜一は、きっぱり言いきった。

ほぼ同時に竜一は叫びかけた。白魚の指先が乱れた浴衣の襟元から差しこまれてきたからだ。鎖骨のまわりをさすってきた白魚には、遠慮やためらい、女性の恥じらいがいくらか残っているような。

そろっと撫でては、すっと指先を引いたりして。そして、さらしものになってしまった胸板に熱い眼差しを送ってくるのだ。

「わたし、今、亡くなった主人と、初めてデートしたときのことを思い出しているんですよ」

しばらくして女将は、ささやくような声で言った。

「十九年も前の？」

「いえ、正確に申しますと、十九年半前です。結婚するまで半年ほど時間がかかりましたから。そのとき、主人が操舵する漁船に乗せていただいて、ずいぶん沖合まで出ました」

十九年前でも、十九年半前でも、自分にはまったく関係ないことだと、竜一はほんのわずかなジェラシーを感じた。が、ご主人以外の男の胸とたわむれながら、ご主人との初デートを思い出しているのだから、女将も安穏で正直な性格らしいと、本気になって怒る気もしない。

「十九年半前の海は凪いでいたようですね」

やや膨れっ面《つら》になって竜一は、嫌味のつもりで口を挟んだ。

「はい。大きな太陽が西の空に沈みはじめて、オレンジ色に輝いていました。それはとってもムーディなシチュエーションだったんですよ。ちょっとお魚臭い船でしたけれど、全然気にならないほど、素敵な大海原のひとときでした」

女将の視線が、遠い過去を思い出しているのか、ぼーっとあたりを見まわした。きっちり焦点の定まらない瞳である。

「そのとき瑠衣さんは、半袖のシャツとショートパンツを穿いていたんでしょう」

思いきって竜一は、名前を呼んだ。

いつまでも女将さん呼ばわりしていては、他人行儀の域を脱しないし、ご主人とのデートを長々と懐かしんでもらっては、ぼくの立場がなくなってしまう、と。

「えっ！」

きょとんとした目つきになった女将の半身が、ビクリと起き上がって、竜一をマジマジと見すえた。

「当たりましたか。でも、ぼくは決して盗み見したわけじゃありませんよ。それに十九年半も前のことだとすると、ぼくはまだ一歳になっていない乳飲み子だったんですから、瑠衣さんがどんなにご主人に甘えても、ヤキモチを妬かなかったでしょうね」

「あの……、もし、今、主人が存命していて、あなたの前で仲よくしたら、あなたはヤキモチを妬いてくださるのかしら」

女将のとんでもない問いかけに、どう答えるのが女将の気分をさらに昂揚させるのか、竜一はかなり真剣に考えた。すでに女将の半身は自分の胸板に倒れこんでいて、白魚の指は浴衣がはだけた胸のまわりを這いまわっているのだった。

女性経験は悲しいほど少ないが、昂ぶってきた女将の気持ちに、冷たい水を降りまくような陳腐な答えは出したくない。

「ぼくが見ているのに、いきなり甘ったるいキスなんかされたら、キスは後にしてください！　なんて叫びながら、止めに入るかもしれません」

「まあ、主人とわたしの仲を引き裂こうとなさるのね」

「引き裂くだけじゃなくて、ご主人を追い出したら、ぼくが代わりに甘いキスをしてあげます」

「わたしに……？」

「そうですよ」

「それじゃ、キスじゃなくて、主人の手がわたしの胸に差しこまれたり、それから太腿を撫で撫でしてきたら、どうするんですか。そのときわたしはショートパンツを穿いていたんですよ」

女将の言葉遣いがだんだん砕けてくる。この旅館の女将であるという責任を放棄しているような。

女将は今、なにを考えているのだろうか。竜一は女将の表情を注意深く見守りながら、三十七歳になった未亡人の胸の奥を探りはじめていた。

ひょっとすると女将の脳裏は、十九年半前の初デートと、今の状況がごちゃ混ぜになって、収拾のつかない状態に追いこまれている可能性もある。

そうだとすると、竜一の手とご主人の手の区別がつかなくなっている、とも考えられる。

竜一の目は、床に投げ出されていた女将の足元に向いた。

格子縞の着物の裾が乱れ、白足袋を穿いた女将の、抜けるほど白いふくらはぎが、ちょっぴり覗いているのだった。

竜一にしなだれかかっているから、自然と着物の裾が乱れたのか、足元をわざと見せつけようとしているのか、よくわからない。

が、ミニスカートを穿いた女性が、太腿の根元まで剥き出しにしているファッションは見飽きてしまい、ちっともセクシーじゃないけれど、着物の裾がわずかに乱れ、白足袋を穿いた足首が二十センチほど覗いただけで、竜一はゾクッと身震いするほどエキサイトした。

(着物の内側は、どんなことになっているのだろうか?)

妄想が広がった。しょうがない。着物姿の女性を両腕で抱きとめているなんて、生まれて初めての経験だったのだから。

だが、竜一はあわてふためいた。

(こらっ、静かにしろ!)

腹の中で自分を静止させたが、止まらない。ブリーフの内側が、突然、ムクムクとざわつき始めたのだった。今はズボンも穿いていないから、防御する布は、薄い浴衣とブリーフだけと、実に心もとない。

あと数秒も放置しておいたら、ブリーフは大テントを張り、女将に気づかれる。それはみっともない。竜一は懸命に自分の股間から意識をそらし、

「女性の太腿をさわった経験がないので、どういうふうに答えていいのか、まったくわかりません」

半分ウソを言って、ごまかした。

「ああん、とっても冷たい言い方です。あなたはお祖母様に教えられたのでしょう、どんな人にも優しく接してあげる男性になりなさい、と。でも、わたしには全然優しくありません」

明らかに女将は拗《す》ねはじめた。わがままいっぱいに。

どう答えればいいのだと、女将を睨みつけようとしたが、媚びを売ってくるような女将の表情を目にすると、なんとなくニヤけてしまい、二の句が継げない。

「十九年半前、ご主人に誘われて海洋デートに行ったとき、ご主人の手は、瑠衣さんの生の太腿に伸びてきて、ぼくよりずっと優しい手つきで撫でてくれたんでしょう。気持ちよかったんですか」

竜一は反撃に出た。

一方的に責めまくられていては、おもしろくない。

「もう、忘れてしまいましたわ」

女将の物言いは、ますますいじけていくのだ。そして、グスンと鼻を鳴らした。

(ほんとうに困ったな)

わがまま放題の女将の言いまわしに、竜一は手をこまねいている。

「じゃあ、十九年半前のご主人とのデートを再現して、ぼくが瑠衣さんの太腿を撫でましょうか。着物の裾から手を入れたら、太腿まで届くでしょう。太腿だけじゃなく、着物の襟元から手を差しこんで、おっぱいを優しく揉んでみましょうか」

半ばヤケクソになって竜一は言い放った。

恐れをなして部屋から飛び出していったら、手動式発射装置を遣って、熱くざわつき始めた男の肉を、さっさと沈静化させてやるだけだと、竜一は居直った。が、女将の様子に逃げ出す気配もない。

しかし落ちつきがない。道を挟んだその先に見える漁港に目をやったり、襖戸の方向を振りかえったりして。

「ねえ、山城さん……、わたしは決して浮気者じゃありませんよね」

女将はまた話題を変えた。竜一の頭はますます混乱した。ぼくに対して、いったいなにを言いたいのだ、と。

　そんなむずかしい質問をしないでくださいと、お願いしたくなった。女性経験の少ない自分に、未亡人である女性の……、それも、三十代半ばの若後家さんの言動を、正しく判断する知識はなかった。

　浮気という言葉の定義は、確か、多情なこと、ほかの異性に心を移すこと……、と辞書には記されていた。しかしご主人はすでに亡くなっているのだから、ほかの男に心を移す行為は実現不可能である。

「ちょっとうかがいますが、瑠衣さんには今、恋人……、すなわち愛する男性がいるんですか」

　竜一の問いかけが終わらないうちに、突然、女将の上体が、ビクリと起きあがった。そして、とてもおっかない目つきで睨んできたのだった。

「ずーっと昔……、それは江戸時代のことです。この島に送られてきた流人さんは島の人々が請け人となって、生涯お世話をする習慣があったそうです」

　竜一はがっかりした。

　女将の半身は自分の胸板によりかかってくるほど重なっていたし、女将の指は鎖骨のまわりを撫でたり、乳首にふれそうなほど接近していたのだった。その上、自分の手は、あと十分もしないうちに女将の着物の裾から、するりともぐりこんでいくチャンスが訪れようとしている。

それなのに女将の話はまたしても江戸時代にタイムトラベルして、大罪を犯した流人が主人公になろうとしているのだ。

大いに落胆しながらも竜一は、

「罪を犯して流されてきた人を、死ぬまで面倒をみるとは、大変な仕事だったんでしょうね」

もうどうにでもなれと竜一は、今夜の酒盛りとキンメづくしの晩餐は、半ばあきらめた。

「罪人のほとんどは男性でしたから、お世話をする人は、女性になります」

「ええっ、看守役は女の人だったんですか」

「お部屋のお掃除、お洗濯、ご飯の用意。いえ、それだけじゃなく、お世話を申し出た島の女性は、夜の営みの相手もなさったそうですよ」

驚いた。八丈島に流された罪人は無宿者が多く、世間の嫌われ者だったと、祖母から聞いたことがあった。

それなのに、島の女性は夜の営み、すなわちセックスの相手をしていたとは、びっくりするしかない。

「彼女たちのことをいつの間にか、水汲《みずく》み女《おんな》と呼ぶようになりました」

女将の声が、竜一の耳には重く届いた。

「水汲み女って、どういう意味ですか」

罪人の奥さん役になって尽くした女性を、なぜ水汲み女と呼んだのか、竜一は大いなる疑問をいだいた。表現だけを聞いていると、響きは悪いし、彼女たちを侮辱しているようにも聞こえてくるからだ。

「八丈島だけではなく、伊豆七島のいずれの島も真水には恵まれておりません。それで島の女たちは朝、夕を問わず、石ころだらけの険しい山に登って、生活に必要な水を運んでいたようです。もちろん流人のお世話をする女性も、水の用意をしなければならないので……。それがいつしか、水汲み女と呼ばれるようになった、とか」

「そうすると八丈島の場合、八丈富士や三原山の山頂まで登り、真水を汲んできたというわけですね。しかし、毎日、朝方、夕方の仕事となると重労働だったでしょうね」

「もちろん、わたしは現場にいたわけじゃありませんから、詳しいことはわかりませんが、彼女たちは文句、不平のひとつも口にせず、流人のために汗をかいていたそうです」

八丈富士の標高は八百五十メートルほど、三原山は約七百メートルである。彼女たちはおそらく天秤棒に樽を吊るし、水を満杯にして下山したのだろう。今の時代ほど、道が整備されていたとは考えにくい。

獣道のような険しい小路を行き来して、貴重な水を運んだ。それも本土で大罪を犯した罪人のために……。

「八丈島の水汲み女は、健気《けなげ》だったんですね」

「彼女たちの献身的な奉仕に感激して、せっかく恩赦の道が開かれて、ご赦免船に乗せられても、八丈の暮らしが忘れられず、罪人《つみびと》としてではなく、一般人として、八丈に帰ってきた人が、幾人もいたそうです。中にはお子さんに恵まれたカップルもいらっしゃったそうです。それは、そうでしょうね。夫婦同然の生活をしていたのですから」

（うーん、まさに住めば都か……）

竜一は感動した。仕置きの島に自らの意思で帰っていくのだから。

しかし、女将がなぜ急に、水汲み女のエピソードを語りはじめたのか、その理由が判然としない。話は江戸時代の出来事で、化石的逸話である。

「それで、水汲み女と瑠衣さんの浮気心とは、どんな関係があるのですか」

竜一はおそるおそる尋ねた。これ以上、機嫌を損ねては、『黄八旅館』から追い出されるかもしれないからだ。

「彼女たち……、そう、流人さんのお世話をしていた女性たちはみなさん、とっても情が深く、気持ちをこめてお世話をなさったそうですよ」

「まあ、そうでしょうね。そうでなかったら、極悪人の身のまわりの世話など、できっこないでしょう」

「わたしが申しあげたいのは、八丈島に生まれて育った女性は、縁があった男性を心から愛して、終世を共にするという律儀で真面目な女性が多かったということです」

なんとなくわかったような、一方でよくわからないところもある。

女将は八丈島の女性の、わけへだてのない情愛の深さを教えたかったのだろうか。

「わたしも八丈で生まれ、八丈で育った女ですよ。その昔からの八丈女の生き様、考え方は、祖父や父から何度も聞かされていました」

「ようするに、一度愛したら忠誠を誓い、死ぬのも一緒……、ということですか」

「でも、わたしが心から愛した主人は四年前、わたしの手の届かないところで、不慮の事故に遭い、亡くなったのです。四年という歳月はとても長かった。それでもわたしは、亡くなった主人に操を立て、今まで、決してよその男性に心を寄せることはありませんでした」

(そんな立派なことを言いながら、ついさっきまで、ぼくの裸の胸を撫でまわしていたじゃないですか。ぼくだって男の端くれで、ぼくの胸を、それは愛おしそうに撫でまわしたら、ご主人に対する操を捨てることになりませんか)

言葉を強くして竜一は、抗議したくなった。

今の自分にとって、女将の操感情は邪魔でしかない。が、言っていることと、やっていることは百八十度の誤差がある。

「水汲み女は、お預かりした流人が、病《やまい》や事故で亡くなると、次の流人を預かることもあるのです。過去の人との感情を完全に切りすて、新しい人と、新しい生活を始めたそうです。八丈の女性は、感情の切りかえが上手なんでしょうね」

長い話を語りつくした女将の上体が、ふたたび竜一の胸元に、ゆっくり重なってきたのだった。そして、少し湿っている手のひらを、胸板に添えたのである。

女将の昂奮は完全におさまっていない。

肩で息をしているのだ。

が、様子が一変したことは間違いない。

「わたしは今、今夜だけの水汲み女になってみたいと、そう思ったのです。もちろん、あなたの水汲み女に。主人は亡くなったのですから、許されることでしょう」

女将の震える声が、剝き出しになった胸板に、湿って響いた。

「ぼくの……、ですか」

竜一は慎重に聞きなおした。

「何度も申します。主人は四年前に亡くなったのです。そして昨日の夕方、あなたがひょっこりいらっしゃいました。わたしのようなおばさんでも、胸が熱くなることもあるのです。直感でした。閃《ひらめ》きだったのでしょうか。この男性だったら、わたしの疲れた軀と心を癒してくださるかもしれない、と」

（おばさんなんて、言わないでください）

急に、愛おしさが込みあげた。十七歳も歳上の女性から、切々と愛を告白されたのだから。

（やっぱり、八丈島は出会いの島かもしれない）

竜一は、翔子先輩との偶然の出会いを、一人こっそり思い出した。

結局、女将は今の自分の姿を、大昔の水汲み女を例えにして、正当化しようとしている……。竜一はそう理解した。江戸時代の勉強はさせてもらったけれど、そんなたいそうな講釈は必要ない。

お互いに好意を持っていたら、二人とも天下晴れて自由の身なのだから、感情の赴くままに行動したほうが、気楽じゃないですか、と。

胸板に寄りかかってきた女将の肩を、竜一はがっしり抱きかかえ、引きつけた。

「ああっ……」

小声をあげた女将の唇が半開きになった。

「ぼくの水汲み女になってくれるのは、今夜だけですか」

わざと冗談ぽく、竜一は笑って聞いた。

女将の目がまた、恨めしそうに見あげてきた。

「だって、仕方がないでしょう。あなたは明日のご赦免飛行機で、お江戸に帰ってしまうんですもの。追いかけていくわけにはまいりません」

「心配ありません。羽田空港と八丈島を結ぶ連絡便は、一日三便も出ているし、フライトの時間はたった一時間弱で、黒瀬川とかいう強い潮流は眼下を流れていますから、飛行にはまったく支障はありません。瑠衣さんから連絡をもらったら、その日のうちに飛んできます。ただし、ぼくの世話をしてくれる水汲み女がとても優しかったら、です」

「ああん、あなたって意地悪な人。これでもわたしは、八丈生まれの八丈育ちの女ですよ。江戸時代の女性には負けません」

強く言いきって、女将は深い吐息をついた。

八丈育ちの女性は、優しさもあるらしいが、人一倍、負けず嫌いなところもあるようだ。

ブリーフの内側の熱いざわつきが、再燃した。熱いだけじゃない。男の肉の根元あたりに大量の血液が流れこんできて、肉筒の直径を肥大させていくのだ。

動き始めたら止まらない。股間にのしかかってくる女将の脇腹あたりを、ぐぐっと押しあげてしまう。しかし竜一は、肉の棒のうねりを、必死に隠そうとする努力はやめた。恥ずかしいことじゃない。それが順当な男の肉体反応なのだから。

三十七歳の女将なら、どうしても制御できない男の生理を知っているはずだ。

だったらむしろ、堂々と威張りちらして、肉体の変化を伝えるべきである、と。

「ぼくの世話をしてくれる八丈島のお嬢さんは、手はじめになにをやってくれるんですか」

肩口をしっかり抱きしめた手に、新しい力を加え、竜一は大真面目に問うた。

「偶然の出会いをお祝いして、ご挨拶から始めましょうか」

「こんにちは、よろしく……、とか？」

「そんなの、つまらない。もっと愉しくて、気持ちがウキウキするようなご挨拶を、わたしは期待しているんです」

女将がどんな挨拶を待っているのか、竜一はおおよそ見当がついた。

昨日の昼、大学の先輩と再会して、夢うつつのような一日をすごしたせいか、竜一の発想は大人ぶって大きく飛躍していた。普通のキスから始めるようじゃ、女将は物足らないかもしれない。

「今、ぼくが一番知りたいのは、瑠衣さんの着物の内側がどんなふうになっているか、です。生まれて初めてなんですよ、着物を着ている女性を、両手でしっかり抱きしめている、なんて」

「まあ、お着物の内側を……？」

「そうです。着物を着ている女性は、下着を着けないって、誰かに聞いたことがありました。だったら瑠衣さんも、着物の下は、丸裸……。ほんとうですか」

「ああん、お着物の内側をお見せすることが、あなたへのご挨拶なの？」

なぜかあわてて女将は、乱れた着物の裾に手を伸ばし、ちょっぴり覗いていた白いふくらはぎを隠した。

「見せてもらうだけじゃありません。ぼくはギラギラ目を光らせて、その……、一番きれいで、おいしそうな場所に口を押しつけ、瑠衣さんの軀をしっかり味見させてもらいます。素晴らしい挨拶になりませんか」

「ねっ、一番きれいでおいしそうな場所って、どこ……？」

「そんなこと、わかりません、全部見せていただかないと」

「だったら、お着物を全部脱ぎなさいと、あなたは言っているんですか」

「全部脱ぐ前に、おいしそうな場所を見つけたら、ぼくの口は、その部分を集中攻撃します」

「いやん、あなたはとっても猥らしい男性だったのね。でも、口で集中攻撃しますなんて、抽象的な言い方です。もっと具体的に言うと、わたしの軀のどこかを舐めまわして、吸って、柔らかく噛んでしまいますと、そう言っているんでしょう」

「そのとおりです。丁寧なご挨拶をするわけですから、ぼくの唇や舌はかなりしつっこくなるかもしれません。それとも、そんなエッチっぽい挨拶は、嫌いとか」

（ぼくはこんなに図々しい男だったのか？）

歳上の女性に対し、卑猥な言葉を連発する自分に、竜一は驚いている。いや、それもこれも、昨日初めて普通の女性と激しく、熱く燃えさかった結果と自己判断した。

翔子先輩との交わりがなかったら、今ごろはどうしていいのかもわからず、おろおろしていたに違いない。ほんの少し、男として成長した証《あかし》かもしれない。

女将の目尻に小皺が刻まれた。

「嫌いじゃないわ。でも、あなたに押されまくって、もう、わたし、土俵を割ってしまいそう」

「そうすると、着物の内側を見せてくれるんですね」

「あーっ、見てほしいわ。おばさんの軀でもいいでしょう。でも、わたしはあと少しで四十路《よそじ》を迎える女ですよ。あなたはまだ学生さん。お肌も、目も、お口もキラキラ光っている青年よ」

「なにをゴチャゴチャ言っているんですか。瑠衣さんだって、歯並びは白くてきれいで、肌はツヤツヤしています。それに、さっきからぼくの鼻には、瑠衣さんの軀のどこからか、甘い匂いがフワフワ漂ってきて、脳天がクラクラするほど昂奮してくるんです。そ、それに、あの、見てください、ぼくがどれほど瑠衣さんにのぼせているか、はっきり証明しているところがあるんです」

「えっ、証明？」

「そうです。ここです」

しっかり抱いていた女将の軀を椅子に戻し、竜一は蛮勇を奮い起こして浴衣の帯をほどいた。そして椅子に深く座りなおした。

ハッとしたように女将は、ブリーフ一枚になった竜一の全身に視線を配った。

（あーあっ、そんなにでかくなるなよ）

竜一は、脱いだ浴衣で股間を隠したくなった。

白いブリーフの股間は、天を突く勢いで、膨らんでいるのだった。ブリーフの生地が薄かったせいで、亀頭の形をくっきり浮き彫りにしているだけではなく、点々とシミを浮かせているのだ。

昨日は、昼、夜合わせて二度発射した。腹の底のほうが軽くなったから、翔子先輩の誘いを断ったのに、新しい男のエキスは一夜のうちに大量に醸造されているのだった。

いや、違う。新しい男のエキスは、着物姿の麗《うるわ》しい女将の手で、胸板をサワサワ撫でられているうち、瞬間醸造されたのだ。だから、できたてのホヤホヤで、ちょっとした刺激にも耐えきれず、ヌルヌルと先漏れしているに違いない。

「ねっ、怖い……」

女将の声は、明らかに震えた。

右の手で唇を押さえ、左の手は行き場を失って彷徨《さまよ》っている。

「怖いって、ぼくの軀が、ですか」

「だって、見てください。パンツが破れそうなほど膨らんでいるわ。あーっ、ねっ、そこに、なにを入れているんですか」

「なにを入れているのか、瑠衣さんの手で確かめてください。物騒なものはなにひとつ隠していません」

「でも、信じられません。あなたは、パンツの中にオチンチンを三つも四つも持っているみたい」

思わず竜一は、プッと吹き出しそうになった。男の肉を三つも四つも隠し持っていたら、横幅が広がるだろう。が、竜一のブリーフの尖りは、天に向かって一本、雄々しく勃ちあがっているのだ。まさに一本マスト。

「一本なのか、それとも三本も四本も隠しているのか、しっかり確認していただくために、ブリーフを脱いでしまいましょうか」

様子が違ってきた。

本来の行動目的は、女将に着物を脱いでもらって、もっとも美しく、うまそうな箇所に唇を寄せるつもりだったのに、裸になって、男の局所をさらすことになるのは、自分だったのか、と。

しかし今となっては、後先はどうでもいい。

こわごわといったふうに、女将は右手の指先で、ブリーフの膨らみの突端をさわろうとした。が、伸びてきた手は、瞬時に引っこめられた。その代わり、女将の顔が前のめりになって、竜一の股間に接近してきたのだった。

「ねっ、ねっ、見てください。揺れています。ゆらゆらと。とっても重そうに」

女将の声は途切れがちになった。

高校時代から今まで、学業も水泳のタイムも平均点で、秀でた才能があるわけではなかった。が、男の肉のサイズだけは唯一、自慢に値すると竜一は自負している。最大膨張時は長さが二十五センチほどで、筒の直径は三センチ強。大きいだけではなく、笠の張り方は鋭角で、ピンクに艶めいている。

皮が剝けたのは高校一年のときで、包茎は無事卒業した。

二十歳の誕生日を迎えるまで、宝の持ち腐れだった。

しかし八丈島を訪れたことによって、天賦《てんぷ》の逸物《いちもつ》は花を咲かせようとしている。

「ブリーフの上からでは、実像がはっきりしないでしょうから、やっぱりパンツを脱ぎます。少し濡れていると思いますが、我慢して見てやってください」

堂々と宣言して竜一は、やや腰を浮かし、ひと息にブリーフを引き下げた。

「ああっ、それ、なあに……！」

素《す》っ頓狂《とんきょう》な叫び声を放った女将の腰が、グラグラ揺れた。

ブリーフのゴムを弾いて飛びあがった男の肉は、女将の言ったとおり、天に向かって、それは重そうに、ユラリと揺らめいたのだった。

第四章　舐陰は夫婦のシグナル？

「わりと元気でしょう」

山城竜一は照れまくった。恥ずかしさを懸命にこらえていたら、口から出たのは他愛もないジョークだった。

下腹に力をこめ、ひと思いにブリーフを引き下げたものの、そこは旅館のテラスで、常春の島の太陽が、おまえはなにをやっているんだ、恥を知れ！　とばかりに、さらしものになった股間をまともに照らし出してきたのだ。

男の肉が巨大であるだけではなく、中心棒を取りまく黒い毛の生い茂りにも勢いがある。逆立っているのだ。

たとえ男でも、燦々《さんさん》と降りそそぐ朝日を、真正面から受ける部位ではなかった。が、女将の顔は、徐々にではあるが、剝き出しになった竜一の股間に接近してくるのだった。まさに怖いもの見たさの目つきである。今さら隠すこともできない。腹を括って、さあ、どこからでもご自由に、ご覧になってくださいと、股間を迫り出すようにして、竜一は腕を組んだ。

(あっ、なにをするんですか！)

竜一は大声をあげそうになった。

着物の裾をひるがえした女将が椅子からすべり降り、両膝をついて、竜一の太腿の間に割りこんできたのだった。

「どこから見ても、立派です！　そうとしか申しようがありません」

男の肉を賞賛する女将の言葉遣いは大仰になり、高くなったり低くなったりして、だんだん落ちつきを失っていく。時の勢いでここまでやってしまったら、居直るしかなかった。

「最初からお断りしておきますが、あの……、外見は立派そうで元気なんですが、中身はからっきし我慢のない奴なんです」

あとになって、張子の虎だったのね、などとコケにされては、今、居丈高にそそり勃っている息子がかわいそうだ、と。

「わたし、とても困っています」

裏筋を跳ね上げる肉の棒の裏側に、女将の生温かい声と荒い呼吸が吹きかかる。

(困っているのはぼくのほうなんです)

言い返してやりたくなったが、目尻をしょぼつかせ、唇を半開きにして、なんとなくだらしのない顔つきになって、ただただ驚きの表情から抜け出せない女将の姿を追っていると、強い言葉は喉の奥に引っかかって、出てこない。

だいいち、今日一日、あなたの水汲み女になってお世話をさせていただきますと女将は、ついさっきまで女の優しさを振りまいていたのに、今のところ、お世話をされている感覚が、まったくない。

「困っているって、どういうことですか。朝ごはんの味噌汁が冷めてしまうから、早く食事をしなさい、とか？」

竜一は皮肉っぽく言った。

「そんなことじゃありません。お味噌汁が冷めたら、温めなおせばよろしいことでしょう」

「ええ、まあ、そういうことですね。では、瑠衣さんを悩ませている奴は、どこのどいつですか」

女将の目が竜一の顔をチラッと見あげ、そして、まるで力を失わないで直立したままでいる男の肉の突端に下がった。どうすればいいの……？　女将は独り言のようにつぶやいた。

「わたしの想像を、はるかに超えていたんです。こんなに大きいと……、ああん、口取《くちど》りができません」

女将は言葉を継ぎ足した。

（ちょっと、待ってください）

「口取りって、なんですか」

竜一は問いかけの半分を腹の中でつぶやき、残りの半分を、やっと声にした。謎が多すぎし、なんとなくエッチっぽい。

女将の口から、なかなか答えが返ってこない。口取りなんて、初めて聞いた。キスのことだろうか。竜一は自分勝手に推測した。

「そんなことを聞かないでください。まだ、朝なのよ。お日様がまぶしく射しているときに、大きな声でお答えすることじゃありません」

「そんなに言いにくいことだったら、やっぱり、スケベっぽいこととか？」

「昔の人は、あの……、口取りって言ってたらしいの。昔、お茶屋さんで働いているお姐さんたちの隠語だったとか。祖父が酔っ払った勢いで、こっそり教えてくれました」

「たとえば、江戸時代……、とか？」

「そうでしょうね。現代用語で言いなおすと、フェ、ラ……」

「ええっ、フェラチオのことですか」

隣近所の人々に聞こえてしまったら、笑いの種になってしまうほど、竜一の声は大きかった。

「そんなに大きな声で言わないで。だって、大きさを比較すると、そうね……、雀と鳩くらい違います」

またしても女将の口から謎めいたフレーズが飛び出した。雀と鳩では、確かに大きさが違う。

「あの、なにを比較しているんですか、雀と鳩って……」

「そうよ。山城さんが鳩で、それから雀は亡くなった主人……。いやーん、こんなこと、絶対、誰にも言わないでくださいね。でも、わたしは雀でも満足していたんです。男性を象徴するお肉は、雀くらいの大きさが普通だと思っていましたから」

やっと理解できた。間違いない。

驚きを隠しきれないような表情で、竜一の股間をじっと見つづけている女将を、竜一はなんとなく微笑ましく思いながら見返していた。

女将は十七歳のとき、亡くなったご主人と巡りあった。初恋だった。二人はめでたく結ばれた。以来、十余年、女将はご主人のみを愛し、ご主人に奉仕してきた女性である。したがって男性との肉体的接触は、ご主人だけだった。

ご主人が亡くなって四年、女将は初めて別の男の肉体にふれた。その別の男が自分だったのだろうと、竜一は判断した。

「主人の軀を揶揄《やゆ》しているのではありません。男性の軀は押しなべて、主人くらいでしょうと、わたしは一人で決めていたのです。だから、主人に対して不満を持ったことは一度もありません……、でも、今、あなたの軀を目の前にして、わたし、もう、びっくりして、途方に暮れています」

女将の説明はそこでやっと終わった。

そんなことを指摘されても、鳩の大きさを雀に変える技術は持ち合わせていなかった。

ふっと竜一は、半年ほど前、ソープランド嬢とまみえたときの彼女のひと言を思い出した。彼女はかなり歳の食ったベテラン泡嬢だった。彼女は竜一への励ましもまじえ、実感をこめて言った。お客さんのオチンポは、とても立派よ。形もきれいで、臭くもないわ。これで、もう少し我慢できるようになったら、女泣かせの色男になるわね、と。

九十分の制限時間内で竜一は三回挑んだ。が、いずれの交わりも、挿入して二分と持たない連射砲で終わった。そのとき、ベテラン泡嬢は何度も口に含んでくれた。口にくわえられ、唇と舌で揉みまわされた。それだけで、股間の奥に激しい脈動が奔りぬけ、発射を急がせた。

泡嬢は付け足した。わたしたちの仕事の、もっとも大事な技は、お客さんにできるだけ早く、気持ちよくいっていただくことよ。わたしたちの軀も楽でしょう。残業はしたくないの。お客さんも満足してくれるわ。その点、お客さんはとっても手のかからない坊やだったわね、と。

バカにされた気分で、すごすご引き上げたことを、竜一は忘れない。悲惨な屈辱を味わった。

したがって、フェラ……、いいや、女将の口取りは遠慮したい。女将ほど美しくて素敵な女性に口取りをされたら、挿入する以前に暴発し、不幸な場合は、女将の口を直撃する恐れもある。

男の肉の巨大さに比例して、放射の量も並はずれていた。女将の口から溢れてしまう。

が、竜一は密かにホッとした。自分の肉の棒は鳩のでかさで、おしとやかな女将の口では手に負えない寸法だとしたら、女将は口を寄せてこないだろう。不始末は撤回される。

「瑠衣さん、あまり無理をしないでください。そうだ……、あの、フェラのことを口取りと言うんだったら、クンニリングスはなんと言ったのか、お祖父さんに教えてもらわなかったんですか」

いい気になって竜一は、無遠慮な問いかけをした。

「いやな人、山城さん、て。そんなに根掘り葉掘り聞かないでくださいな。恥ずかしいでしょう」

「でも、後学のために聞いておきたいんです。悪友たちに教えてやりたいし」

女将の切れ長の目に、泣き笑いの小皺が刻まれた。

本来、こんなスケベっぽい話をする時間帯ではなかった。その上、まぶしいほどの朝日が、燦々と降りそそいでいるのだ。しかし、股間で直立する男の肉は、女将の答えを期待してか、ユラリユラリとうごめいて、二人の間の空間だけは、淫靡《いんび》なムードを駆り立てている。

(あっ、そんなことをしないで、ぼくの質問にちゃんと答えてください)

竜一は強く抗議したくなった。女将の指がゆるゆると伸びてきて、股間に茂る黒い毛の数本をつまんで、ピッピッと引っぱったりするからだ。

下半身に受ける軽い痛みは、昂ぶりを急速に増幅させていく。

その証拠に、亀頭の先端に位置する鈴口からは、無色透明の男の汁が水滴になって滲み出てくるのだ。

（ああっ！）

竜一は必死になって、腰を引いた。

左手の指で黒い毛をいたずらしていた女将は、右手を伸ばしてきて、鈴口から滲み出てくる水滴をこね、揉みまわして、すっと指を引いた。

「ほら、見て……。糸を引いているわ。とっても濃いのね」

嬉々とした声は、青空に向かって流れていった。

ついさっきまで、おろおろ、おどおどした物言いだったのに。

（あっ、そうか……）

竜一は自分なりに、女将の様子の変化を理解した。先漏れの粘液をいじったり、嬉々とした声を発してくるのは、これから先、本格的な水汲み女になるための助走ではないか、と。勢いをつけているのだ。

女将の三十七年間の人生で、自分は二人目の男なのかもしれない。それなりの覚悟を必要としているのだろう。

（あっ、そんなことをしてはいけません！）

竜一は声を出したくなった。先漏れの粘液をいじりまわしていた右手の人差し指を、女将はなんのためらいもなく、口に含んだのだ。

透明の粘液は、指先に付着したままだった。

「葛湯《くずゆ》みたい……」

指を舐めながら、女将はひと言もらし、細い眉をピクッと跳ねて、ニコッと微笑んだ。助走はフィニッシュを迎えようとしているのか。

（でも、女の人って、怖い。ぼくたちは初対面なのに、先漏れの粘液が付着した指を、なんのためらいもなく舐めるなんて……。葛湯がうまいかまずいか、食べたことがないから、よくわからない）

「あの、いろんなことをやる前に、ぼくの質問に答えてくれませんか」

竜一は股間に受ける刺激から逃げたいと、やや焦りながら問いなおした。

「質問て、どんなことだったかしら」

とぼけているのか、ほんとうに忘れてしまったのか、女将の表情からは読みとれない。

「いやだな、忘れてしまうなんて。だから、フェラを口取りと言うんだったら、クンニはなんて言うんですか」

竜一はほんの少し声を荒げた。

仕方がない。女将の指先はまた鈴口に戻ってきて、ヌルヌルになってしまった薄い皮膚をこねまわすからだ。それだけの刺激でも、男の袋はキュキュッと収縮し、ビクッ、ビクリと、股間が勝手に弾んでしまう。

「聞きたい……？」

女将の目が意地悪そうに向けられてきた。

（鳩の大きさにも慣れてきて、落ちつきを取りもどして、ぼくを虐めて、喜んでいるんだ……）

竜一は恨めしくなった。自分のほうはとっくの昔にせっぱ詰まった状態になって、顔面はほてってくるし、呼吸もいくらか速くなっているのに。

「聞きたいから、聞いたんです」

言葉の端々がかすれ始めた。

「教えてあげたら、わたしにそれをしてくれるのかしら？」

「も、もちろんです。その代わり、着物の裾を、思いっきりめくり上げてもらうか、帯をほどいて脱いでもらわないと、できません」

「あのね、亡くなった主人は、舐陰《しいん》がとってもお上手だったのよ。わたし、それだけで失神してしまうほど丁寧に、情熱的にやってくださったんです」

ご主人とのノロケ話を聞いているうち、女将の着物の裾がスルリとめくれ、下半身が丸出しになってしまったような妄想にかられた。素肌は透きとおるほど白くて、黒い毛がモヤモヤっと茂っていたりして。

「あの、そうすると、クンニのことは、舐陰と言うんですね」

妄想を広げても、竜一の耳は現実をしっかりとらえていた。

「そうよ。女性の陰部を舐めると書くんですから、わかりやすいでしょう」

表現が卑猥になっていくにしたがって、少し潤んでいる女将の目の色に、深みが出てくるのだ。竜一の目にはそう映った。

次々と口から出てくる自分の言葉に酔っているふうな。

女将は三十七歳の成熟した女性だった。なおかつ、四年間も独り身の寂しさを味わってきた。その女性の前に太めの青筋を浮かし、昂ぶりの汁を滲ませる巨大な男の肉が剝き出しになっているのだから、正常な神経でいられるはずもないのだろう。

「昔の人は、うまい言葉を考えたんですね」

「ねえ、もうひとつ、いいことを教えてあげましょうか。でも、これは、お酒に酔った祖父から聞いたんですから、わたしを下品な女と思わないでくださいね」

女将の苦しい言い訳は通用しない。

指先が器用に動くのだ。鈴口からジクジク滲んでくる先漏れの粘液を、亀頭を包む薄い皮膚に塗りまぶし、そして、鋭く張った鰓を撫で、肉筒の周囲をこねまわしてくるのだ。

エッチの素養は、隠しようもない。

「ああん、こんなに太い血管を浮かせて、怖いほどよ。痛くないのね……」

心配そうにつぶやきながらも、ほっそりとした人差し指と親指を丸くして、肉筒の真ん中あたりを握ってくるのだが、三センチ強に膨張した肉筒は太すぎて、指がまわりきらない。

女将の指がヌルヌルと動くたび、ツーンとした刺激が股間の奥を襲ってきて、尻の据わりが悪くなる。軀のあちこちの筋肉が、勝手にヒクヒク引き攣《つ》れるのだ。

「すみませんが、指の動きを少し休ませて、お祖父さんに聞いた猥らしそうな語彙を教えてくれませんか」

半分、泣き言になってくる。

このまま指を動かされたら、空中発射してしまいそうな危うさを感じているからだ。

「あのね、あなたは、ねっ、シックス……、ナインを知っているでしょう」

女将の言葉が切れ切れになって飛び出してきた。びっくりした。痴語の代表的言語である。美しい女性が白昼堂々と語るべき言葉ではなかったのに。

「そのくらいの単語は知っていますが、実践したことはありません」

真実である。ソープランドで戯んだとき、泡嬢は優しく誘ってくれた。太腿を開ききり、舐めてもいいのよ、と。そのとき彼女は、同時進行しましょうよと、ゴムマットの上で仰向けに寝かされている竜一の顔を、跨ごうとした。

竜一はあわてて顔をそむけた。

親切はありがたいけれど、この女性の膣は、一時間もしない前、どこの誰ともわからない男の肉を受けいれていたはずだ。その部分に口を寄せることは、さすがに遠慮したかった。

「言葉は知っていますが、やったことはないんです」

女将はびっくりしたような顔つきになって、

「それじゃ、舐陰は初めてなのね。いいわ、わたしが教えてあげます。口取りと舐陰を仲よく一緒にやることを、昔の人は巴取《ともえど》りと言ったらしいのよ。なんとなく趣《おもむき》のある言い方でしょう。ちっとも下品じゃなくて、それでいて、秘密っぽくて」

女将の語りはだんだん熱を帯びてくる。

よく見ると、きれいに櫛を入れていた栗色の髪は、前髪も、頭の後ろに丸く結い上げていた髪も数本ほつれ、薄く上気した頬を、なおさらのこと艶めかしく彩っている。

際どい自分の言葉に、煽《あお》られているのか。

「それじゃ、言葉だけじゃなくて、実技を教えてくれるんですか」

「いやね、あなたの言い方。全然、お色気がありません」

「だって、やったことがないんですから、色っぽい表現なんかできません」

女将の視線が、まだ敷きっぱなしになっている布団に向いた。

そして、舌なめずりをしたのだ。まるで獲物を見つけた女豹のようで、竜一は思わず、ブルッと身震いした。大げさに言うと、女将の目に凄みさえ感じて、だ。

「狭い椅子の上では、自由に動けないでしょう。ねっ、お布団に戻りましょう。さ、早く」

それは素早い動きで腰を上げた女将は、竜一の手をしっかり握って部屋に連れもどした。

情けないったら、ありゃしない。

浴衣の帯はほどけているし、ブリーフもとっくに脱いでいた。すっかりはだけた浴衣の前はだらしなく、二十五センチにも膨張した男の肉は直立したままで、乱れた浴衣の隙間から、にょっきり顔を出しているのだった。

「ねえ、山城さん、もう一度寝てくださいな。仰向けになって、ですよ」

命令に従うしかない。

もうどうにでもなれと竜一は、すっかりはだけた浴衣も脱ぎ捨て、大の字になって仰臥した。ハッとしたように、女将は真上から見おろしてきた。

「素敵な軀……」

息を呑んで女将は、ボソッとつぶやいた。

「ぼくの軀に感心していないで、巴取りを教えてください」

まさに俎板《まないた》の鯉になっているのに、股間の中心部でそそり勃つ男の肉だけが、ユラリユラリとうごめいて、存在感を示そうとしている。

「今、急に思い出したわ。わたし、迂闊《うかつ》だったの。そうよ、わたしはだめな妻だったんです」

わけのわからないつぶやきをもらした女将は、素っ裸になって寝ている竜一の真横に、ペタンとお臀を落とし、背中を丸め、そして膝の上に指を揃えた。

なんだ、巴取りの実演をしてくれないのかと、竜一はがっかりした。それに自分は裸になっているのに、女将は帯を解こうともしない。髪が少々乱れているだけで、部屋に入ってきたときと、身なりに変化はない。

（不公平だな……）

腹のうちでブツブツつぶやくが、言葉にしてせっつく勇気は出てこない。

「急に、だめな妻だなんて言って、なにを思い出したんですか」

しょうがないから竜一は、女将のつぶやきの内容を問うた。

「お話しても、黙って聞いてくださるわね。そうよ、主人はあのとき、わたしに大切なシグナルを送っていたのかもしれない」

女将の話はどんどん迷路にはまっていく。

（シグナルって、なんだ？）

まるで意味不明。

が、今は我慢のときだと、竜一は布団の上で横座りになった女将の太腿に、そろっと手のひらをかぶせてみた。顔は小さくて、着物の袖から出ている腕はほっそりとしているのに、太腿は意外なほどもっちりとして、さわり心地がいい。

太腿をさわられても、女将は逃げる素振りも見せない。

「楽しい思い出だったら、黙って聞いています」

「聞いてくれるのね。こんなことは、あなたにしか言えません。昨日の夕方、あなたがふらりといらっしゃったとき、わたし、直感したんです。この男性とはお話ができるかもしれないと」

「ぼくをそんなに買いかぶらないでください。なんにも知らない学生なんですから」

「いいえ、あなたのことを信用しています。そう……、あの日の夜、ですから四年前のとても寒い夜、予想もしなかった大波を受け、主人の船が難破したときのことです」

女将の右の手が持ち上がって、目尻をそっと拭った。涙をこらえているようだ。ご主人が亡くなって四年も経っているというのに、まだ悲しみから抜け出せないでいるらしい。

「ご主人は一度漁に出ると、何日も帰ってこられないときがあったんでしょう」

「だいたい、五日とか六日だったかしら。そのときの魚の種類とか漁獲量によって、日数はまちまちでした」

「漁に出ている最中は、心配なさったんでしょうね。荒海に乗り出していくんでしょうから」

「結婚して一年ほどは、全然、気がつかなかったの。主人はほんとうに優しい男性で、気配りのある方とわかったのは、結婚して一年半ほどしたときだったかしら」

「漁に出る際、必ず熱い抱擁とキスで別れを惜しまれた、とか」

「それもあるわよ。それに……、主人は出港する前夜は、必ず抱いてくれました。抱くって、それは、あの、夫婦の交わりのことよ」

「時には、長い漁もあったでしょうから、奥さんの軀を忘れないようにと、情熱をこめて瑠衣さんを慈《いつく》しんだ……。そういうことですか」

自分としては、あまりご主人の話はしたくない。今の女将は、ぼくの水汲み女になってくれているのだから、ほかの男のことは忘れてもらいたい。

肩を落とし、顔を伏せていたのに、女将は急に視線を送ってきた。

「こんなことを言っても、変な女と、思わないでくださいね」

「もちろんです。真面目にお聞きします」

「あのね、出港前夜、主人とわたしはいつも巴取りをして、愛情交感をしたのよ」

女将の声が、また低く沈んだ。両の手の指をしっかり組み合わせて、だ。やっぱり、ちょっと妬ける。女将の唇が、ご主人の股間の奥に吸いついていく姿が、目の底にポッと浮かびあがってきて。

「巴取りって、そんなに気持ちのいいものですか」

「とっても……。でも、主人の素敵な舐陰には、毎回、わたしに向かって秘密のシグナルがあったみたい。今、急に気がついたの」

「えっ、シグナル？」

「ねえ、山城さんは、女のお豆さんを知っているでしょう」

女将の言葉はどんどん飛び火していって、追いつけない。

（お豆……？）

竜一は数秒考えた。答えはすぐに出た。お豆とはすなわちクリトリスのことだろう、と。

「瑠衣さんのクリが、どうかしたんですか」

「冗談じゃないのよ。あーっ、どうしてわたしは主人からの、あんな大事なシグナルを見おとしていたのかしら。主人のシグナルを正しく受けとめていたら、主人は事故に遭わないで済んだかもしれないんです」

女将の話はいつまで経ってもトンチンカンで、意味不明だ。

夫婦が行なう巴取りと、悲惨な海難事故が、どこでどうつながっているというのか。竜一の頭は混乱した。が、男の肉のいきり勃ちは、いっこうに力を失わない。先漏れの粘液も、その量を増やして、黒い毛に染みついていく。

しかし一人でいきり勃っている男の肉は、当分構ってもらえそうもない。女将の脳裏は、ご主人のことでいっぱいのようだから。

昔話が終わるまで、大人しく聞き役にまわるしか方法がないと、竜一はあきらめた。

「もう少しわかりやすく説明してもらえませんか。瑠衣さんの話は、辻褄が合っているような、遭っていないような……。ご主人のシグナルを正しく受け取っていたら、事故に遭わないで済んだかもしれないって、それはどういうことですか。ぼくには全然理解できないんです」

竜一は繰りかえし問うた。

遠い過去に起きた重大なインシデントを、ひとつひとつ探り出すかのように、女将は語りはじめた。

――漁に出る前の夜、主人は必ずわたしを抱いてくれました。二人で一緒にお風呂に入って、洗いっこしながら、数日の別れの寂しさを紛らわせていたのです。

お風呂から出て、主人はすぐ、わたしをお姫様抱っこして、ベッドに運んでくれるのです。そのとき二人は、ヌードで、お肌を撫であい、さすりあいながら、熱いキスを交わしていたのです。

キスが終わると主人は、決まったように言いました。でんぐり返しになってくれ、と。とっても恥ずかしい恰好でしょう。でも、その恥ずかしさが、だんだん燃えるような昂奮に変化していったのです。それは、主人の舌が、でんぐり返しになったわたしのお股の真ん中に入ってきて、火の出るほど激しい舐陰をしてくれたからです。

主人の舌が動くたび、わたしの軀は蕩《とろ》けていき、ときどき意識を失うこともありました。

でも、主人の舌が、わたしのお豆を、ツンツンと突くときになって、わたしの神経はさらに鋭利になって、主人の舌の動きを見守っていました。

今になって、わたしは自分の鈍感さにあきれているのです。主人の舌がわたしのお豆を突く回数が、そのとき、そのときで少しずつ違っていたのです。三回のときもあれば、五回のとき、そして十二、三回のときも。その回数は、漁に出ている日数を教えてくれていたのだと、今、わたしはやっと気づいたのです。

わたしのお豆を五回突いてきたときは、漁の日程が五日間というふうに。ずいぶん以前のことですから、はっきりとした記憶はありませんが、主人の舌はたとえば、今回は五日間待ってくれと、わたしのお豆をとおして、シグナルを送っていたのです――

話を途中で切った女将は、また肩を落として、大きな溜め息を吐いた。

（おかしな話だ……）

竜一は大いなる疑問をいだいた。漁の日程を奥さんに伝えるのだったら、言葉で伝えたほうがよほど簡単で、正確だろう、と。

が、ご主人には、そうした茶目っ気があったとしたら、許されるかもしれない。

「瑠衣さんの話はなんとなく理解できたんですが、ご主人のシグナルを正しく受けとっていたら、事故は防げたかもしれないと、たった今、あなたは言っていましたが、それはどういうことですか」

竜一にとって、もっとも理解不能の箇所であった。

「事故の前夜も、わたしたちは一緒にお風呂に入って、ベッドインしました」

「そうしたらご主人は、でんぐり返しになってくれとおっしゃった」

「いつもと変わりなく」

「しかし、ご主人の態度が変だった……、とか」

「舐陰の始まりはいつものとおりで、主人はわたしの太腿を両腕にかかえ、お股を大きく広げて、お口を近づけてきたのです」

（うーん、やっぱり妬ける）

着物は着たままでいいから、帯を少しゆるめ、裾をめくってくれたら、ぼくは必死になって舐陰に初挑戦してやる。技術ではご主人に負けそうだけれど、情熱は負けない。ぼくのほうがずっと若いんだと、竜一は一人で力んだ。

（ご主人とはいつも風呂に入って、きれいに洗ってからだったらしいけれど、ぼくはそんな贅沢は言わない。オシッコをちびったくらいの汚れだったら、丸飲みしたって構わない……）

竜一はもう一度気張った。

「そしてすぐ、ご主人の舌は、お豆を突いてきた……、ということですね」

クリトリスの肉片がどのような形でくっ付いているのか、まだ正確に見たことがない。

ソープランド嬢は、よーく観察しなさいと股を開いてくれたけれど、目がしょぼついて、正しい形がどうなっているのか、よくわからなかった。でも、女将のお豆は特別製で、小粒の真珠のように、白濁した玉をツヤリと輝かせているのかもしれないと、竜一はこっそり想像した。

「そのときは、まだ気づいていなかったの。主人のシグナルがどんな意味を持っているのか」

「しかし、今、わかったんでしょう、ご主人のシグナルの内容を」

「あの日、主人の舌は、わたしのお豆を突いたり、吸ったり、舐めまわしたりして、なかなか終わろうとしなかった。そのうち、わたしのお股からは昂奮のおつゆが、あとからあとから滲んできて、主人の口を濡らしつづけていたみたい」

「それで、ツンツンの回数がわからなくなった、とか？」

「いえ、違います。主人はきっとそのとき、危険を感じていたのです。ほんとうは五日で帰ってくる予定だったのに、海が荒れて、帰る日がわからなくなった……、とか。それで、ツンツンが、いつまでもつづいて、終わらなくなってしまったんです」

ご主人に人間離れした霊感があったとしたら理解できる。が、そんなはずもない。霊感あったとしたら、最初から、危ない海域に乗り出さないだろう。

やはり女将の考えすぎだ。

竜一は一人で白けた。しかしその一方で、都心から三百キロ近くも離れた曰くつきの島では、そんな神がかり的な逸話があっても、おかしくない。なにしろ江戸時代には何百人、何千人もの流人が送られ、そして歿《ぼっ》していった。人間の霊が、今の時代になっても、フラフラ彷徨っているかもしれないからだ。

竜一はまた、女将の表情を、こそっと追った。

かわいそうなほど、しょげている。

たった今、偶然思いついた自分の考えを正当化して、神妙に反省しているような恰好でもある。

「そうすると瑠衣さん、いや、奥さんは、ご主人のツンツンがいつまで経っても終わらないことを知ったとき、今回の漁は取りやめてください、危ないと、ご主人に進言するべきだった。そうしたら、ご主人の命を助けることができたと、今になって後悔しているんですか」

竜一は精いっぱいの慰めの言葉を告げた。

「信じられない話かもしれません。でも、主人もきっと自分の身に危険が迫っていることを肌で感じていたに違いありません。胸騒ぎをしていたはずです。そのことを、わたしに伝えたかった。きっとそうです。だからツンツンが終わらなくなった……。そんな大事なシグナルを、正しく受けとめられなかったわたしが、情けなくなって。わたしたち夫婦で交感する巴取りは、そのくらい神聖な行為だったとわたしは信じています」

妙な話になってしまった。

それまで股間の黒い毛のど真ん中で堂々と屹立していた男の肉が、グニャリと折れた。相方が亡くなっても、こんなに強い絆で結ばれている夫婦の間に、のこのこ入りこんでいく趣味はない。

男の肉から力が抜けたのは、ぼくはもう二度とあなた方ご夫婦の間に介入しません、白旗を掲げて退散しますと宣言した証拠であると、竜一は自覚した。

「暗い話はこのくらいにして、女将さん、朝ごはんを食べさせてくれませんか。腹が減ってきました」

竜一は一気に話題を変え、布団の脇に投げられていた浴衣を拾った。いつまでも裸でいるのはみっともない。グンニャリ肉はさっさと店仕舞いすべきだ、と。

が……、

「あっ、なにをするんですか」

女将は黄色い声を張りあげて、浴衣をひったくった。

「朝ごはんを食べる前に、シャワーを浴びてこようと思いましてね。女将さんの怖い話を聞いているうち、気持ち悪い脂汗が滲んできましたから。だって、それほど霊能のあるご主人だと、屋根裏あたりから、じっと覗いているかもしれません。怖いでしょう」

「ああん、あなたはわたしのことをバカにしているのね。巴取りの話を聞かせてほしいと言ったのはあなたですから、怖い話になったのは、半分くらいあなたの責任です」

きっぱり言い放った女将は、浴衣をポーンと放りなげ、それは恨めしそうな視線を投げてきたのだった。

「それに、急に女将、女将と、他人行儀で呼び方まで変えて。あなたはずるい人です。わたしをこんなに昂奮させたのは、ねっ、わかっているでしょう。わたしの目の前に、びっくりするほど大きな鳩さんを見せびらかせたからですよ……」

女将は猛然と反撃してきた。

「でも、女将さんとご主人の間に、青二才のぼくが図々しく入りこんでいく隙がないんです。すぐにご主人の思い出話が出てくるんですから」

それでもやっと竜一は、反論した。

しかも男の肉はますます萎えて、雀になりかけている。萎んだ男の肉は、鳩であろうと雀であろうと、大小の差はさほどない。

「あっ、なにを始めるんですか」

すっかりあきらめて、素っ裸のまま布団に仰臥していた竜一は飛び起きた。

中腰になった女将がいきなり帯を解きはじめたからだ。手の動きは少々乱暴で、最初に解いた帯留めを、無造作に投げ捨てる。

「主人をどれほど懐かしんでも、どれほど愛しても、もう戻ってこない人です。主人のツンツンを、二度と感じることはできないんですよ。あん、こんなに寂しいわたしを助けてくれるのは、山城さん……、山城竜一さんだけなの。ねっ、わかってくれるわね」

ぶつぶつ言いながら、女将は帯をほどき切った。シュルシュルと衣擦れの音を残しながら、女将の腰から帯がすべり落ちていく。

(弱ったな……)

竜一は困り果てた。

男の肉は雀化して、黒い毛の隙間に陥没してしまったのだ。再度、勃ちあげるには、少々時間がかかるし、一旦、臍を曲げると、なかなか素直にならない悪い癖もあった。

「着物を脱ぐんですか」

尋ねた竜一の声に張りがない。

そもそも女将はわがままなのだ。自分勝手である。ご主人とのノロケ話をさんざんしゃべりまくっておきながら、急にしおらしくなって、助けてくださいなんて言われても、すぐさま対応できるほど、人生経験を積んでいないんだと、竜一は腹のうちでぼやいた。

「今日のわたしは、あなたの水汲み女ですから、わたしだけがお着物を着ているわけにはいきません」

ブーメランの如く、女将の言葉は水汲み女に戻ってきた。気持ちの切りかえが素早すぎる。

しかし、スピード感のあった女将の指の動きが急にノロマになった。帯が解け、格子縞の着物の襟が左右に割れ、淡いピンクがかった薄物がはみ出てきて、だ。着物の知識などまったくない。けれど、あれはきっと襦袢《じゅばん》だろうと竜一は、一人で決めた。

襦袢という名称を知っているのは、着物しか着ない祖母がいつも、襦袢はわたしが洗濯しますからねと、母親に強情を張っていたことを思い出したからだ。干し竿に掛けられていた祖母の襦袢に比べて、女将の襦袢はとても薄そうで、中身が透けて見えそうだった。

考えている閑《ひま》はなかった。女将の両腕から着物ははらりと抜け落ちたのだ。淡いピンクの襦袢が女将の全身を柔らかく包んでいる。

竜一は叫びかけた。

間違いない。襦袢の胸元を盛りあげているのは、乳房だ。薄っすらとした影がだんだん濃くなって、鮮やかに浮き彫りになってくる。

（きれいなおっぱいだ）

竜一は目を細めて、女将の胸元を見つめた。

少し尖っているような。女将はブラジャーを着けていなかった。襦袢の内側は、もぬけのからなのだ。

「ねえ、お風呂に入りましょうか、一緒に」

襦袢一枚になった女将は、透けて見える乳房を隠すように、竜一の胸板に半身を預けてきた。反射的に竜一は、真下から抱きとめた。柔らかい。それに、いい匂いだ。薄物一枚になった女将の軀は小柄なほうで、強く抱きくるめると、骨が折れてしまいそうなほど華奢《きゃしゃ》だった。

水泳で鍛えた畠中先輩の筋肉質の体型とは、大違いだ。

「風呂はあとでいいです」

竜一は反抗した。今、一緒に風呂に入ったら、女将の脳裏に、ふたたびご主人との混浴がよみがえってくるかもしれない、と。そんな思い出は、しばらくあっちにいってなさいと竜一は、肩口に倒れこんできた女将の首筋に唇を寄せ、小声で告げた。

「あーっ、あなたの軀は温かくて、大きいの。ほんとうに久しぶりよ、素敵な男性の胸に抱かれるのは……」

女将のうっとりしたような声が、肩口のまわりでフラフラ漂った。

「お願いしてもいいですか」

竜一はもっと声を鎮めて言った。

「なあに……？」

「ぼくの軀の真上に、乗ってきてください。女将さんの……、いえ、瑠衣さんのしなやかで柔らかい軀を、ぼくの胸で全部受けとめてあげたくなったんです」

「重たいかもしれないわよ」

「瑠衣さんくらいの軀つきだったら、二人、三人乗ってきても、平気です。これでもぼくの軀は、結構、頑丈にできているんです」

「そんな偉そうなことを言って、つぶれたって、知りませんからね」

半分脅かし、半分冗談ぽく言って女将は、スルスルと軀を動かし、ユラリと全身を預けてきたのだった。瞬間、あん……、女将は少しうろたえた声を発した。竜一はすぐに気づいた。

いつの間にか活動を再開した男の肉に、強い力と熱が加わり、全身を預けてきた女将の下腹あたりを、ぐいっと押しあげたからだ。もっと感じてほしいと竜一は、股間を突き上げた。

「あーっ、そんな乱暴なことをしないでちょうだい。だって、わたしのお腹にのめり込んでくるんですよ、あなたの鳩さんが」

「気持ち悪いですか」

「いいえ、ものすごく温かくて、ちょっと湿っぽくて、ひっきりなしに、ビクビク暴れていて、気持ちいいの」

二人の会話が途切れたとき、どちらからともなく求めたあったキスの唇が音を立てて粘着した。女将の唇は、とても柔らかくて、ヌメリがあった。一旦くっついてしまうと、なかなか離れていかない密着感がある。

「ううっ……」

女将の喉が鳴った。時間をおくこともなく、二人の舌が粘りあったからだ。竜一は夢中になって、女将の唾を吸った。ハッカの味がした。味など、どうでもいい。ご主人の思い出話は二度と出ないように、吸いつづけた。女将の舌が反応した。吸いかえしてくる。竜一は唾を送りこんだ。

二人の唾が二人の口の中で混じりあい、粘り気のある音をもらしつづける。

（ああっ！）

叫びそうになったのは、竜一だった。

本格的に膨張を開始した男の肉を迎えいれるような恰好で、女将の下腹がもがいたからだ。太腿を開き気味にして、覆いかぶさってくる。臍の真下まで伸びた男の肉の裏側に、モジャッとしたざらつきが当たった。

（ひょっとしたら……）

竜一は真偽を確かめたくなった。

女将の下半身は、剝き身になってしまったのか、と。ブラジャーを着けていなかったから、当然、パンツも穿いていないのだろう。

襦袢の前がはだけて、剝き身同士が直接こすれあっている。

（とすると、肉筒の裏筋にこすれてきたモジャッは、女将の黒い毛！）

そう直感した途端、男の肉の躍動はさらに加速して、膨張をつづけ、女将の下腹をぐぐっと押しあげる。

揉みあっているうち、股間の奥に早くも激しい脈動が奔った。熱い疼きが全身をほてらせていく。

ほうっておくと、時と場所を選ばず、男のエキスは奔流と化して噴きあがる。そんなの癪《しゃく》だ。竜一はのぼせていく自分の昂ぶりを懸命に諌《いさ》めた。

「瑠衣さん、クンニ……、いえ、舐陰をしたいんです。瑠衣さんの一番大事な肉に、ぼくの舌を寄せて」

竜一は必死に頼んだ。

肉の棒に受ける直接の刺激から逃れるためだ。

「わたしも、ああっ、してもらいたいの。だってさっきから、あなたの鳩さんが、わたしのお腹をズンズン突いてきて、わたしを困らせているんですからね。でも、きっと濡れているわ、わたしの大事なお肉は……。それでもいいのね」

真上から覆いかぶさっていた女将は、ほんの少し顔を浮かせ、媚びるような声をもらした。グニュグニュ、ニュルニュルに濡れているほうが、舐陰のしがいがあるかもしれない。

全部吸いとって、きれいにしてあげる。

竜一の意欲は掻き立てられた。

「それじゃ、瑠衣さん、ぼくの代わりに、仰向けになって寝てください。ぼくは瑠衣さんの太腿の奥に潜りこんで、舐めてしまいます」

女将が自ら布団にすべり下りたのか、それとも竜一が抱きかかえて布団に寝かせたのか、はっきりしなかった。それほど二人の呼吸は合致したのだ。布団に仰臥した女将の姿を目にして、竜一の眼は、カッと見開き、そして股間に屹立する肉の棒は、さらに勢いを増してそそり勃った。

(言葉にならないほど美しくて、猥らしい!)

膝立ちになって竜一は、仰向けに寝た女将の全身に目を配った。が、ときどき焦点がぼけてくる。どこを見ていいのか自分では判断しかねて、だ。

淡いピンクの襦袢は、いつの間にかほとんどはだけ、むっちりと盛りあがった乳房の大部分をさらしていた。五十円玉大の乳輪は表面張力が働いているかのように、むくっと盛りあがり、その頂に尖る乳首は、熟しきったサクランボウ色。決して外国産ではない。優良国産サクランボウの色あいだ。

(ぼくの想像は当たっていた)

竜一は満足した。

襦袢の前身ごろがほとんどはだけているものだから、モヤモヤッと茂る黒い毛の半分以上が覗いているのだった。

(とっても柔らかそうだ)

思わず竜一は、コクンと生唾を飲んだ。

反応したのは唾だけではない。さらに勢いを増して膨張する男の肉が、ゆらりとしなって、筒先を迫りあげた。

「ああん、そんなにじっと見つめないでちょうだい。あなたのような素敵で若い男性に見られるほど、きれいな軀じゃありません。もう、おばさんでしょう」

控え目で慎み深い言葉をもらした女将の右足が、膝を追って立ちあがった。やっとのことで太腿を隠していた襦袢が、するするとすべり落ちた。

やっぱり……。小さな顔や、華奢な腕、ほっそりとした肩まわりに比べて、立ちあがった太腿の肉づきはもっちりとして、ツヤツヤ輝いているのだった。

「ねっ、わたしはどうすればいいの？　でんぐり返しになったわたしのはしたない恰好を見たいとか？」

女将の声がいくらか怯えて聞こえた。

（でんぐり返し……？　ぼくはいやだな。そんな下品な恰好になったら女将さんは、すぐにご主人のことを思い出し、泣き崩れてしまう）

「でんぐり返しじゃなくて、四《よ》つん這《ば》いになってください」

竜一は決意を固めて言った。が、四つん這いになった女将と、どう向きあっていくかの方針は、まったく決まっていない。だいいち自分のお願いを快く受けてくれるかどうかもわからない。行き当たりばったりなのだ。

が……、

「ねっ、四つん這いになるときは、襦袢も脱ぐのね」

憐れみを乞うような声になった女将は、あわてふためいて前身ごろをつかんで襟を正そうとしたが、なんの効果もなかった。乳房はなんとか隠れたが、下半身は丸出しで、それでも必死になって、もっちり太腿をよじり合わせる。

「お臀が丸出しになりますよ」

竜一の声は急に意地悪くなった。

「ああん、わたしを四つん這いにさせて、なにをするつもりなの？」

「今、考えているところです」

「いやよ、痛いことをしたら」

それでも女将はノロノロと腰を上げ、四つん這いになる体勢を取った。襦袢は自らの意思で脱いだのか、それともなめらかな肌をすべってしまったのか。両手と両膝を布団について四つん這いの姿勢になったとき、淡いピンクの薄物は女将の足元で皺になっていた。

（まん丸なお臀だ。シミひとつない。肌がツヤツヤ光っている）

正直な感想だった。割れ目は深い。

美しい女性の成熟した軀の、代表例のような。

ふたつの乳房はサクランボウ色の乳首をツンと尖らせて、ゆらりとたわんだ。

ふいに名案が浮かんだ。

「瑠衣さん、もっと太腿を開いてください」

「えっ、広げる……？」

「ぼくは舐陰に挑戦してみます」

「だって、わたしは四つん這いになっているんですよ。どうやって？」

「はい。ぼくは瑠衣さんの開いた太腿の隙間に潜りこんで、真下から舐陰をしたくなったんです。ブチュッとしゃぶりつくんです。そんな恰好が瑠衣さんの軀を、もっともっと猥らしくすれば、二人とも気持ちよくなりそうだと思いませんか」

「あーっ、あなたは悪い人。いろんなことをしゃべって、わたしをその気にさせていくのね」

「ぼくだって、同じです。瑠衣さんの股の真下に顔を突っこんだら、瑠衣さんの秘密の肉が丸見えになって、瑠衣さんの匂いが、フワッと立ちこめてくると思います」

「ねっ、わたしの匂いって、どんな？」

「わかりません。でも、いやな匂いじゃなくて、甘いかもしれません。それとも、毎日、潮風に当たっているんですから、ちょっとしょっぱそうな匂いでしょうか」

四つん這いになっていた両手を、女将は肘からガクンと折った。

なめらかな背中が、すべり台のような傾斜を作る。

ねっ、太腿を広げていくのね……。女将はあきらめたような声をもらし、布団に額をついた。汗をかいているらしい首筋に、ほつれ毛が貼りついた。それでも女将の膝は少しずつ、左右にずれていく。

奥深そうな割れ目の幅が広がっていく。あの奥は、どうなっているんだろうか。

男の興味が湧いた。竜一は音を立てず、女将のお臀の真後ろに這いつくばった。

（あっ、お臀の穴が見える！）

その下に椿の葉っぱに似た肉の盛りあがりが、ムクッと膨れてくっ付いていたのである。

黒い毛の群がりが、その肉を大事そうに包囲しているのだ。

（猥らしい形だ……）

ピクピクッと肉がひくついたように、竜一の目に映った。甘いような、酸っぱいような匂いがふわりと漂ってきて。

「瑠衣さん、入ります」

まったく色気のないひと言を告げて竜一は、仰向けになって、女将の太腿の狭間から顔をすべり込ませた。女将の秘密の肉が、顔の上を通過した。お臀の割れ目の筋が椿の葉っぱまでつづいている。

「あーっ、だめ。見ちゃ、いやよ。でも、ねっ、あなたの息が、お臀に吹きかかってくるのよ。ああん、ほんとうに潜りこんできたのね」

どうやら女将は瞼をしっかり閉じていたようで、事態の進行をきっちり把握していない。

竜一は目を上げた。

ムッチリ太腿はまだ開ききっていないせいか、椿の葉っぱ型陰唇は、ぴっちり蓋《ふた》を閉じて、中身はなにも見えてこない。

「瑠衣さん、開いてみますよ、瑠衣さんの、ちょっと湿っていて、ムクッと腫れているお肉を」

竜一は断った。

目的は舐陰で、蓋が閉じられていては、なにもできない。返事はない。耳に響いてくるのは女将の荒い息遣いでだけで、呼吸をするたび、お臍のあたりを波打たせるのだ。

答えがないのは了承を意味していると、竜一は勝手に判断して、指先を伸ばした。群がる黒い毛を、指先で選り分けた。肉の縦筋がくっきり浮きあがった。

（おっ！）

竜一は目を凝らした。縦筋の先端に小さな肉の粒がはみ出していることより、泡状になった粘液が、肉の裂け目からジクジクと滲み出ていることに、目が吸いよせられた。

（ぼくと同じだ）

女の人も先漏れの粘液をもらすのだ、と。そして、裂け目の淵に染みていく。肉の裂け目が小刻みに震えるせいで、内側にはとめておけない汁がもれてくるのだろう。

勇気を奮い起こして竜一は、椿の葉っぱ型の肉を、左右に分けた。二枚の粘膜が糸を引きながら剝がれていく。

「あーっ、だめ。わたしのソコ、汚れているわ。そんなにめくったら、恥ずかしいでしょう。中身が出てしまいます」

竜一は危うく、プッと吹き出しそうになった。女将の口から、中身が出てしまいます、なんて、卑猥な淫語が聞けるとは考えてもいなかったから。

声を殺して女将は、指の動きの中止を求めてきたが、股間の幅は逆に広がっていく。指で押さえなくても、椿の葉っぱは少しずつ左右に分かれていき、ピンクがかった肉襞が、ピクピク引き攣りながら顔を覗かせた。

竜一はつい、父親が経営する『水無月』で、特上の刺身として提供される新鮮なサーモンの、鮮やかなピンクを思い出した。色も形も似ているような。

父親の目を盗んで、何度かつまみ食いをした。色もきれいだったが、口に入れると蕩けていくような食感は忘れられない。

(もしかしたら、女将のピンクも、同じような味なのかもしれない)

想像した途端、仰向けに寝ている股間で、ビクリと直立する男の肉が鋭く反応して、新しい粘液をジュルッともらした。粘液の湧出が竜一に、男の勇気を与えていく。

顔を上げ、椿の葉っぱに唇を寄せた。

甘酸っぱさの中に、潮風の匂いを嗅いだ。摘みとったばかりの海草に似ているような。

新鮮ピンクの肉が、唇にふれた。フニャッと柔らかい。ねっとりしている感じもする。生温かい。舌を出して、ペロッと舐めた。

「あん、舐めたのね。いいわ、好きにして。もっと深いところまで舌を入れてちょうだい。あーっ、感じるわ。四年ぶりよ、男性の温かい舌が、ソコに入ってきたのは……」

途切れがちの声を発した女将の股間が、もがき始めた。左右に振ったかと思うと竜一の口を塞ぐ勢いで、沈めてくるのだった。舌先が自動的に肉襞をえぐり、選り分け、ヌルヌルと深みに嵌まっていく。

複雑によじれた肉襞が舌先を取りまいてきて、新しい粘液を噴きもらしてくるのだ。口に流れこんだ粘液を、竜一は喉を鳴らして飲みこんだ。舌に絡まってくるほど濃厚で、味もだんだん濃くなってくる。

（そうだ、忘れていた）

お豆の場所を確認しなければ。

竜一の指は、とても不器用に動いた。肉の裂け目を、さらに広げようとした。ハッとした。ピンクの肉襞は奥にいくにしたがって赤身に変化していき、直径一センチほどの小さな暗い空洞が、顔を覗かせてきたからだ。その空洞のまわりの肉は息づいているかのようにヒクヒク痙攣《けいれん》している。

女将の内臓を覗き見している感覚に浸っていく。

（でも、襞の色あいに濁りがない）

指先で、さらに裂け目を広げた。タコの吸盤の形をした粘膜が、ピョコンと現われた。

（それは、なんだ？）

自分に質問をぶつけても、正しい答えは返ってこない。

（あっ、これだ！）

肉の裂け目の突端に、皮をかぶった突起物が現われた。

豆だ。クリトリスだ。生まれて初めて竜一は、女性の神秘の扉をこじ開けたような悦びを感じた。

亡くなったご主人は、尖らせた舌先で、この豆をツンツンと突いたらしい。女将からその秘話を耳にしたとき、竜一はほんのわずか凝った。そんな面倒くさい伝達方式より、言葉で伝えたほうがよほど簡単だし、正確だろう、と。

だが、現物を目にしたとき、竜一は己の若さ、未熟さを自覚させられた。きっと……、舌先でツンツンと突いてやると、包皮が剝けてきて、内側から本物の豆が顔を出す仕組みになっているに違いない。

大きさは米粒ほどだろうか。

愛する奥さんの真性豆《しんせいまめ》を目にしたとき、ご主人は最大限の慈しみを、豆をとおして奥さんに伝えたかったのだろう。それが夫婦の愛情交感だと、竜一は改めて知らされた。

(ぼくには、もったいない)

ツンツンと突くことが。それに、うまく突くことができそうもないのだ。

「あん、見えたのね、わたしのお豆……」

女将の声は上ずった。

「はい。小さいんです。でも、まだ顔を見せてくれません」

「ねっ、突いてちょうだい、ツンツンと……。あーっ、あなたは何回突いてくれるのかしら」

（えっ、何回？）

ドキンとして竜一は、肉の裂け目から口を離した。

冷静に考えると女将は、次にあなたが八丈島に来るのは、何日後ですかと、問いかけている。そのシグナルを送ってほしいと、女将は訴えているのだ。

それは弱った。畠中先輩とは、昨日、約束したばかりだった。黄八丈の染色を勉強するため、先輩は一カ月に二度、三度と八丈島を訪ねてくるらしい。そのときは万難を排してお供しますと、竜一ははっきり断言した。

先輩との約束を反故《ほご》にするわけにはいかない。その上、女将と新しい約束を交わしたら、間違いなく学業と水泳の練習がおろそかになる。

（当分、来られません）

などと、軽はずみなことも言えないし。

だったら、あとは女将の好きなように解釈してくださいと、竜一は舌先で豆の突起を探って、唇に挟み、つつっと吸った。

その突起は膣内の襞から剝離しそうなほど、伸びた。濡れた突起は吸いにくい。ヌルヌル逃げたりするからだ。

突起と一緒に粘り気のある粘液が、ニュルッと滲んでくる。

ツンツンと突くわけにはいかない。吸いとった。

「あーっ、もっと強く。ねっ、奥のほうのお肉まで、吸いとられていくみたいよ。突かれると吸われるのは、全然違うの。今は、ねっ、吸われるほうが気持ちいいんです」

女将の喘ぎ声は、座敷の襖戸を響かせた。

竜一は女将のお臀をしっかり抱きとめ、暗い空洞に舌先を埋めこんでは、肉の突起を吸いつづけた。女将の股間が激しくもがいた。

「もう、わたし、我慢できないの。わたしも……、ねっ、わたしもさせてちょうだい。あなたがほしいの」

切れ切れに言った女将の全裸が、顔の上で百八十度回転した。

(な、なにをするんですか……)

問いかける暇もなかった。いきなり女将の唇が、男の肉の先端にかぶさってきたのだった。チロチロ舐めては、しゃぶりつこうとする。だが、女将の口には、なかなか入りきらない容量を有していた。

「ああん、どうしたらいいの。あなたは大きすぎます。でも、歯が当たって痛くなってても我慢してくださいね。大きすぎるあなたが悪いからよ」

なにがなんでも口取りを敢行しようとする女将の意欲が、亀頭の先端に伝わってくるのだった。

この際、歯形ができたって、我慢するしかない。

竜一は覚悟を決めた。できるだけスムースに口取りができるよう、協力する必要がある。女将の唇に狙いを定めて、竜一はぐぐっと筒先を迫りあげた。

「う、うぐっ……」

女将の喉が、苦しそうに鳴った。亀頭のどこかに、わずかな痛みが奔った。張りつめた鰓かもしれない。しかし亀頭の大部分が、生温かくて柔らかい粘膜に包まれたことは間違いない。

出し入れされては、違う箇所にも歯形をつけられるかもしれない。

だったら、今がチャンス。

竜一はふたたび女将のお臀を両手で抱きとめ、舌先で豆を探った。ついさっきより肥大しているような。吸いとった。新しい粘液がジュルジュル湧き出てきて、唇のまわりを粘つかせてくる。

「瑠衣さん……」

肉の裂け目から口を離し、竜一はかすれた声をあげた。

女将からの返事はない。しかし、巨大な男の肉をくわえたまま、女将はほんの少し、顔を縦に振ったのだ。さあ、わたしのお口に、思いっきり出しなさい……、というシグナルなのだと、竜一は勝手に判断した。

女将の口はほとんど動かない。いや、動かすことができないと表現したほうが適切かもしれない。己の股間に熱い脈動を感じたとき、竜一は目いっぱい舌を差し出し、空洞の奥に押しこんだ。

「瑠衣さん！」

竜一は叫んだ。口に溜まっていた彼女の粘液が、飛び散った。

瞬間、股間の奥が弾きわれた。おびただしい男のエキスが奔流となって、ドクッドクッと噴き出ていく。

なかなか止まらない。女将は苦しがっている。もう止めろと命令しても、時間をおくことなく噴き出ていく男のエキスは、女将の口に溢れ、唇の隙間からポタポタと流れ落ちてくるのだった。

第五章　処女を捨てにきた幼馴染み

その日の夜、床に就いたのは夜の九時を少しすぎたころだった。布団に入る前、山城竜一は冷蔵庫から缶ビールを二本抜いて、軀のどこかにしつこく溜まっている熱を冷やしてやろうと、一気呑みした。

なんとなく気だるいのだ。

考えてみると、朝っぱらから旅館の女将に煽られ、食事をする間も惜しんで、肉弾戦を繰りひろげた一日だったのである。

朝方、女将は教えてくれた。シックスナインのことを、昔の言葉で巴取りと言うのよ、と。口取りと舐陰の同時進行である。勢いにまかせて実践しているうち、竜一は性的未熟さを暴露して、女将の口に大放出してしまった。

女将の口から男のエキスが溢れ出た。それほどおびただしい量を放射したのだ。が、女将はいやな顔ひとつもせず、口をゆすぐこともなく、「さっ、お風呂に入りましょう」と、竜一を誘った。口に含んだ男のエキスをどこかに吐き出した様子もなかったから、女将はそのほとんどを嚥下《えんげ》したのだろう。

「水汲み女はお世話をする男性の軀を、優しく丁寧に洗ってあげたそうですから、わたしにもさせてくださいな」

殊勝なことを言い、椅子に座った竜一の背中から洗い始めた。

だが、石鹸を泡立てた垢《あか》すりタオルは、女将の手からなかなか離れなかった。背中を洗い終わって女将は、竜一のまん前にしゃがんで、腕、太腿、胸まわりを順繰りにタオルで洗い出した。

もちろん、女将は一糸まとわない全裸。

目の前でお椀型に膨らむ乳房がユラユラ揺れた。女将の裸を目にしても、男のエキスは空っぽになっているのだから、あわてることもない。男の肉棒がふたたび大膨張することもないだろうと、竜一は高を括っていた。が、国産のサクランボウ色に染まった乳首がピョコンと飛び出しているのを目の前にして、竜一の気分は急に怪しくなった。とてもだらしなく、平常心が崩れ始めたのである。

おまけにタイルの床にしゃがんだ女将の股間で、黒い毛の群がりがお湯に濡れ、ムックリと盛りあがる恥丘に張りついてしまった形が、とてつもなく猥らしく見えてきて、男の肉の根元あたりが、ヒクッヒクッとうごめき始めた。

「わたしは、このくらいの大きさのほうが好きよ。無理をしなくても、お口に入るでしょう」

いきなり女将はタオルを投げすて、竜一の股間の真ん前に、両膝をついて這いつくばった。

（あっ、やめてください！）

叫んだつもりだが、その前に女将の口は、だらんと垂れた亀頭を唇で拾い、あっという間に口取りを始めたのだ。そう簡単に再起動しないと考えていた男の肉が凄まじい勢いで起きあがった。

くすぐったさが快感に変化するまで、わずか数秒。

節操のない自分の体力に、竜一はあきれた。

ヌルヌル、ネバネバと動く女将の口取りより、お臀を少し掲げて股間に潜りこんできた女将の、それは無防備な恰好に竜一は触発された。その気になった女性のあからさまな姿は、男の欲望を赤く焚きつけてきたのだった。

あん、だめ、大きくしたら、だめよ……！　ひと言吐いた女将は、たちまち膨張した肉の棒を、プッと吐き捨て、椅子に座っている竜一の太腿の付け根に跨ってきた。キスをしましょう、キスよ……。うわ言のようにつぶやいた女将の唇が、ねっとりと重なってきたのだった。

ほぼ同時だった。完全にそそり勃った肉の棒の先端に、生ぬるい粘膜がかぶさった。

「あーっ、入ってくるわ。お口には入りきらない大きさでも、ねっ、下のお口にはぴったりよ。すごく、フィットしているわ。ああーっ、わたしの猥らしいお肉を押し開いてくるの」

女将は仰《の》け反《ぞ》った。座ったままの体位で、根元まで飲みこまれた。女将の股間が躍動した。上下に動き、円を描き、そして女将は、竜一の首筋にしがみ付くなり、股間を小刻みに蠕動させた。

「四年ぶりよ。素敵。ねっ、いつでもきてちょうだい。わたしは、もう、待っているだけなの」

切れ切れの声を聞いたとき、またしても竜一の股間は、あっけなく大爆発した。以後、風呂から出て食事をしたあと一回。二人並んで仮眠をとったあと一回。早朝から夕方まで、合計四回、二人の肉体は、汗をかきかき、ぶつかり合った。竜一は初めて経験した。成熟した女性の恐ろしいほどの欲望の深さを。

四回目の合体が終わったとき、乱れきった髪を梳《す》きあげながら女将は、ほんとうに素敵な一日だったわ。四年間の寂しさを、全部忘れさせてもらいました……、と、少し疲れたような表情に、満ちたりた微笑みを浮かべたのだった。

明日の一番の飛行機で東京に帰ろう。竜一は自分に言いきかせた。おつやさんの墓参りも済ませたし、今度、八丈島を訪れるときは、畠中先輩のお供をするときだ。女将の口からは、今度、いつ、八丈に来るんですかという質問もなかったのだから。

スタンドを消してまどろんだ。そのときふいに枕元に置いてあった携帯電話の着メロが鳴った。今ごろ誰だ？　あわてて目を覚まし、時計を見たら十時前だった。

携帯の画面に浮いた名前を見て、竜一は一瞬、どうしようかと迷った。

出なくてもいい相手だった。

名前は、須藤美紗子《すどうみさこ》。

中学校と高校の同級生で、彼女は私立の短大に進学した。無事に単位を取っていたら、来春、卒業する。高校時代はソフトボールに熱中し、冬でも日焼けして、顔はいつも褐色で、健康優良児の鑑《かがみ》のような少女だった。

お互いの進路が右と左に分かれたときから、美紗子は一週間に一度か二度、他愛もないメールを送ってきた。電話をしてくるときは、お腹が減ったからおいしいものをご馳走してと、おねだりの連絡がほとんどだった。

しかし、こんな時間に電話をしてくるのは珍しい。

それでも竜一は、眠い目をこすって受話のボタンを押した。幼馴染みである。居留守を使うのはかわいそうだ、と。

「今、どこにいるの？　神田？　それとも恵比寿《えびす》？」

挨拶のひとつもない。用件のみを伝えてくるのはいつものことで、さほど気にしない。

「八丈島だよ」

竜一はぶっきらぼうに答えた。昨日、今日、相手をしていたのは、大学の先輩と旅館の女将で、話し方も礼儀をわきまえ、慎重に口をきいていたが、美紗子との会話に遠慮は必要なかった。

「えっ、八丈島って、どこ？」

「どこって、東京だよ。神田から三百キロ近くも離れているが、東京都であることは間違いない」

「ねっ、どうして、そんなところにいるの？　あっ、わかった、一人じゃないんでしょう。へーっ、竜ちゃんにも恋人ができたんだ」

美紗子の声はワンオクターブ跳ねあがった。

彼女の口の利き方にも遠慮がない。竜一のことを竜ちゃんと呼ぶし、竜一は彼女のことを美紗子と呼び捨てにする。言い換えれば、兄妹感覚なのかもしれない。したがって竜一は、美紗子を女性として見たことは、一度もなかった。

「残念ながら、おれの一人旅だ。恋人なんかいらないよ。だいいち、特定の彼女ができたら、面倒くさいだろう」

竜一は痩《や》せ我慢を張った。

「それじゃ、なんで八丈島なんかにいるの？　怪しいわ」

しつこく追及されて、竜一はほんのちょっと得意になった。怪しいのは事実である。畠中先輩との関係は、恋人関係の一歩手前まで進展している。二人でふたたび八丈島を訪れる約束もしていたのだから。

「今度の旅は真面目なんだよ。まあ、簡単に説明すると、黄八丈の歴史と製法を勉強しにきた……、というわけ」

「ねっ、ねっ、黄八丈って、織物のことでしょう」

「へーっ、美紗子も知っていたのか」

「高級品らしいわよ」

「江戸時代からの八丈島の特産品で、江戸城大奥に一手納入していたらしい。したがって、黄八丈には二百年以上の歴史がある。島に自生する草木の煮汁で黄色、鳶色、黒に染めた糸を紡いで作る織物だ。その伝統的な製法を勉強して、卒論にしようと考えている」

ほとんどは畠中先輩からの受け売りで、黄八丈を卒論のテーマにしようという考えは毛頭ない。

美紗子を言いくるめる手段だったにすぎない。

「竜ちゃんて、見かけよりずっと勉強家だったのね。見直しちゃった」

「見直すのが、遅いんだよ」

「竜ちゃんはものすごく努力しているのに、わたしって、だめな女だったわ」

「成人式を迎えても、ボーイフレンドの一人もいない美紗子もかわいそうなものだ。いつまでもソフトボールなんかに熱中しているから、誰も見向きもしてくれないんだぞ」

一人前に兄貴ぶった言い方ができたのは、やはり先輩との巡り合い、今日一日は宿の女将と激闘して、男としての自信がちょっぴり蓄積されたせいもある。

「そうなの、一人ぼっちなの、わたし……。それでね、竜ちゃんにどうしても相談したいことがあって連絡したのに、なんだか冷たいよ。わたしとは別次元の世界で生きているみたいで。でもね、こんなこと、真面目に聞いてくれるのは竜ちゃんだけだと思って……。ねえ、八丈島って、どこにあるの？　わたし、明日行くわ。新幹線は通っていないでしょう」

短大で勉強しているわりに、美紗子の世間ずれは並はずれていた。

江戸時代は鳥も通わぬ流罪の島として、本土の人から怖れられていたが、今では常春の島として、観光客で賑わっている。

が、竜一はにわかに不安になった。一旦、こうと決めたら、テコでも人の言うことをきかないわがまま娘だった。

「あのね、わざわざ八丈島まで来ることなんかないんだ。おれは明日の飛行機で帰るから、東京で会おう」

竜一は急いで折衷案《せっちゅうあん》を提示した。

時間稼ぎをしておいたら、美紗子の気持ちはまた変わる。

「いやよ、明日、絶対わたし、八丈島に行くわ。ねっ、飛行機が飛んでいるんでしょう。それに乗るわ。一番早い飛行機に。だから、ホテルを予約しておいて。女の一生の問題を相談しにいくんですから、なるべく静かで、おいしいご飯が食べられるホテルを、ね。あっ、そうだわ、飛行機に乗る前に連絡するから、飛行場まで迎えに来て。それじゃ、バイバイ」

竜一の返事も待たず、電話は切れた。

携帯電話を手にして竜一は、あっけに取られた。おれの言うことを、最後までちゃんと聞け、と。が、ほうっておくこともできない。おれは知らんと美紗子を放置して東京に帰ったら、神田の自宅まで怒鳴りこんでくる。

だが、東京に帰る日を順繰りに遅らせていると、祖母も心配する。

とりあえず八丈島空港まで迎えに行って、折り返しの飛行機に乗れば、明日中に東京に帰れるだろうと、竜一は半ばあきらめた。

八丈富士と三原山のふたつの火山をいだくひょうたん型の八丈島は、豊富な温泉があちこちに湧出していることを、竜一は初めて知った。きっかけは幼馴染みの美紗子が突然、島にくることを予告してきたからで、竜一は島の観光案内所に連絡をして、適当なホテルがあるかどうかを聞いたのだ。

その折、案内所の親切な担当者が、混浴温泉付きのホテルもありますよと教えてくれた。

今のところ、混浴温泉は関係ない。団体客の少ない静かなホテルを頼みますと、お願いしておいた。

午後の一時十分ごろ八丈島空港に着くから、必ず迎えにきてね……。美紗子から連絡が入ったのは、次の日の昼前、十一時半ごろだった。

気分はやっぱり重い。約束を破ると機嫌が悪くなることは間違いないから、竜一は飛行場からもっとも近そうな、大賀郷村にある『八丈リゾートホテル』を予約しておいた。

パンフレットによると、太平洋を一望できる混浴温泉があると記されていたが、竜一の興味の対象ではなかった。

『黄八旅館』の女将と、甘くて激しい一日すごした軀は、混浴温泉にはなんの興味も抱かなかった上に、女をまったく意識させない美紗子の容姿が浮かんだからだ。

食事をさせ、温泉に入れたら、さっさと最終便で東京に帰ろうという目論見は、予定どおり進行すべきであると、竜一は自分の気持ちを再確認した。

到着予定の一時ちょっとすぎ。竜一は八丈島空港に着いていた。が、空港の到着口を出てきた美紗子の姿を目にして、竜一はますます滅入った。よれよれのジーパンに、猫の絵模様をあしらった半袖シャツは、子供じみている。オレンジ色の野球帽は、どうやら短大のソフトボール部の制帽のようだ。

しかも、かなり汚れている。

さらに、黒っぽいリュックサックを背負い、まん丸なサングラスを掛けるというでたちは、彼女の正体を知らなかったら家出娘に見えてしまう。

ところが、竜一の姿を見つけるなり、美紗子は全力疾走で駆けよってきて、竜ちゃん、来てくれたのね！　と、まわりの人がびっくりするほどの大声を発し、胸板に飛びついてきたのだった。

公衆の面前である。抱きついてきた女性を無下に突き放すこともできず、竜一は両手でしっかり抱きとめた。瞬間、ふわりと漂ってきたのは、香ばしい焼き栗の匂いだった。

美紗子の体臭は焼き栗だったのかと竜一は、なんとなくこそばゆい思いに浸った。ほんのりとした香ばしさを新鮮に感じて、だ。が、あとにも先にも、美紗子と熱い抱擁を交わしたのは初めてのことで、さあ、これからどうすればいいのだと、竜一は困り果てた。

みんなが見ているから、抱きつくのはやめなさいとは、美紗子の両手にこもる力加減からすると、簡単に口から出ない。

「約束どおり、ホテルは予約しておいたから、早く行こうか」

まわりの人の様子に注意をしながら竜一は、耳元でささやいた。

「えっ、ほんとう！　うれしい。それじゃ、今夜はずっと一緒にいられるのね、竜ちゃんと」

美紗子の両手はやっと首筋から離れた。だが、躯をくっ付けながらじっと見つめてくる瞳が、なんとなくいじらしい。

しかし、そのときになって竜一は、己の迂闊《うかつ》さに歯ぎしりした。ホテルの部屋は一室しかリザーブしていなかった。たった今、美紗子は喜び勇んで言った。今夜はずっと一緒にいられるのね、と。

ということは、同室を余儀なくされることになる。

それは、まずい。竜ちゃんは最初からわたしと同じ部屋で寝たかったんでしょう、なんて、痛くもない腹を探られては、かなわない。ホテルに着いたら急いでカウンターに行き、もう一室の予約をしなければならないと、竜一はかなり焦った。

だが、そもそも論として、今夜は八丈島に泊まるつもりはなかったのだ。八丈島名物の魚料理でも食べさせ、時間があったら温泉に入れ、最終便で東京に帰る予定だったから、部屋をふたつ予約する必要がなかったのだと、自分に落ち度がなかったことを、竜一は再確認した。

ところが美紗子ははなっから、泊まるつもりでいたらしい。

できるだけ早急に、今日中に東京に帰ることを伝えなければならないと、竜一は屈託のない笑顔を見せている美紗子の横顔をそっとうかがった。が、この子は素直に従ってくれそうもない。

考えはまとまらないが、飛行場で立ち話もできない。

仕方がないから竜一は、とりあえずホテルに行こうかと、美紗子をうながした。


五階建てホテルの最上階からは、太平洋のはるか彼方まで一望できる。

島影ひとつない海原は、地球が丸いことを証明しているかのように、ゆるやかな楕円を描いているのだった。

「ここが東京だなんて、信じられない。わたしの軀が、海に飲みこまれていくみたいで」

ベランダに出た途端、美紗子はすぐさま竜一の左腕にしがみ付いてきた。ソフトボールをやっているわりに小柄のほうで、背丈は竜一より十数センチ低い。

「ホテルの人から聞いたところ、八丈島の近くはダイビングスポットがいっぱいあって、人間よりはるかにでっかい海亀と海底で対面できるらしいよ」

「ねえ、それじゃ、竜宮城に連れていってくれるかもしれないわね」

美紗子の発想はどこまでいっても、天真爛漫で現実離れしている。

「出会った亀が、もし雄《おす》だったら、美紗子を大歓迎してくれるかもしれないな」

竜一は適当に相槌《あいづち》を打った。

この子との会話はどんな内容にしても、額面どおり受けとってはならないと、竜一は常に心していた。

「変な言い方。それって、竜ちゃんはわたしのことを歓迎してくれていないみたい。飛行機代を二万二千円も払ってきたのよ。それなのに竜ちゃんは、わたしのことを邪魔者扱いしているんだもの」

「くだらない言いがかりはよせよ。こうして立派なホテルを予約して、首を長くして待っていたんだ」

「ほんとう……？　わたしのことを、首を長くして待っていたなんて」

「ウソじゃない。高校時代よりずっと女っぽくなって、見直しているんだ」

竜一は大いに持ち上げた。おだてるのも一手だ、と。

臍を曲げられては、今日の飛行機で東京に帰るぞ、とは、切り出しにくい。

そのときふいに美紗子は、薄汚れた野球帽を脱ぎ捨てた。

（あれっ……？）

帽子の中で丸くまとめられていた長い黒髪が、はらりとほどけて、肩のまわりに流れたのだ。確か半年ほど前に会ったときは、薄茶に染めた髪をショートカットにまとめていたはずなのに。

この半年ほど、髪はカットしないで、伸ばしていたのか。

前髪が額に流れた。改めて見直すと、長い黒髪に包まれた顔は、日焼け痕《あと》は隠せないものの、薄いピンクの口紅は似合っているし、大きな瞳、長い睫毛、つんと尖った小さな鼻が適度なバランスを保って、どこか日本人離れをしたかわいらしさを演出している。

恥ずかしそうに笑うと、白い歯並びも美しいのだ。

竜一は見直した。天然娘の美紗子が、少しはかわいげのある女性に生まれかわったみたいだ、と。

「それで、おれに相談て、なんだよ。わざわざ八丈島まで来たんだから、よほどむずかしい問題に出くわしているとか？」

視線の半分は太平洋の大海原に向け、残りの半分は、ややうつむき加減になってしまった美紗子の横顔を追った。

スリッパを履いた美紗子の足がモジモジした。が、竜一の腕に巻きついた両手は、しっかり握りしめたままで、離そうとしない。

(ひょっとして、男にふられたのか)

二十歳になって初めてできたボーイフレンドは、美紗子の天然ぶりにあきれ果て、さっさと逃げてしまった。誰にも相談できず、思いあまって、竜一に助けを求めてきた。充分、考えられることだ。

「あのね、笑ったら、いやよ。うん……、もしかしたらね、わたし、結婚することになるかもしれないの」

消え入るような小声に、ゲゲッ、と竜一は仰け反りかけた。

世の中には物好きの男がいるものだ。選りによって美紗子と連れ添うなんて、考えられない。だいいち、料理、掃除は大の苦手だったし、さらに言えば、正常なセックスができるのかどうかも、疑問だった。なぜなら、あまりにも子供っぽくて。

女らしさとは、おおよそ縁のない女だったから、スケスケの妖しげなネグリジェなんかをまとって、男と寝る姿が想像できない。

「真面目に聞くけど、美紗子を嫁にしたいと申しこんできたのは、男だろうな」

「えっ、男だろうなって、どういう意味？」

「うん、だから最近は同性婚というのが流行っているらしい。アメリカなんかでもな」

「それじゃ、わたしの結婚相手は女性だって、竜ちゃんは考えているのね」

「いや、推測だよ。ソフトボール部では人気があるらしいから、後輩の女の子に告白されたりして、さ」

「竜ちゃんのバカッ！　はっきり断っておきますけどね、わたしはレズビアンではありません。だって、そうでしょう。飛行場で竜ちゃんにハグされたとき、ものすごくうれしくなって、幸せ感に酔っていたんだもの」

「それは、ごめん。おれの認識不足だった。それで、美紗子にプロポーズしてきたのは、いったい、どこの誰なんだ？」

わりと激しい口調で問いただしたとき、竜一はわずかなジェラシーを感じていたことは否めない。おれの妹分を断りもなしに横取りするな！　というような。

「パパの部下なの……」

美紗子は不平そうな口ぶりになった。

美紗子の父親は大手商社の事業部長をやっていると、以前、美紗子から聞いたことがあった。本人は天然でも、両親は堅実派らしい。仕事柄、海外出張が多く、そういう家庭環境が原因で、わがまま、天然に育ったところもあったのではないか。

そうすると美紗子の婚約者は、父親の眼鏡にかなった男で父親自らが結婚を急がせているのかもしれない。

「その男は、いくつなんだ？」

竜一の口の利きようは、どんどん不機嫌になっていく。

「それがね、竜ちゃんと同じ大学を、五年前に首席で卒業したんだって」

ますます気に食わない。自分の先輩だったことが、である。先輩であろうとなんであろうと礼儀がなさすぎる。首席がどうしたというのだ。大学で学業優秀だからといって、社会で通用するとは限らないだろう、と八つ当たりする。

「名前は？」

「伊勢慎平《いせしんぺい》さん」

（ふーん……。結婚したら、伊勢美紗子になるのか）

伊勢美紗子より山城美紗子のほうが、よほどバランスが取れていると、なぜか竜一は、ふたたび憤然とする。

「それで、結婚式はいつなんだ？　美紗子はまだ二十歳だろう。急ぐことはないんだ。嫁という職業はかなり窮屈そうだぞ。脅しじゃない。結婚した男が病弱で、入退院を繰りかえしたり、それから、そうだ、超わがままで、美紗子の行動を束縛するかもしれないぞ。ソフトボールなんかやめてしまえ、とかさ」

美紗子の視線が、竜一の気持ちをうかがうように見あげてきた。

「竜ちゃんは、わたしの結婚、反対みたい」

「おれが反対したって、お父さんが勧める結婚なら、断ることもできないだろう」

「ねえ、そんなことより……」

言葉を切って美紗子は、さらに軀を寄せてきた。

飛行場でハグしたときより、ずっと親密感は増している。

美紗子と知り合ってから、おおよそ八年の年月が経過している。その間、これほど彼女を身近に感じたことはなかった。おれを頼って、わざわざ八丈島まで来てくれたという女心がかわいいからか。

一人では解決できない問題で、大いに悩んでいる美紗子を、しっかり抱きしめてやりたいような衝動が、不思議なことにフツフツと湧きあがってくる。

「そんなことより、って、どうしたんだ？　今日のおれは聞き役にまわってやるから、なんでも話したらいい」

竜一の態度が鷹揚《おうよう》になった。

それは、昨日、一昨日《おととい》と、非常に魅力的な女性と接し、男として、ほんのわずかだが成長したせいもありそうだった。

「ねえ、ひとつ聞いてもいい？」

美紗子の長い睫毛がまたたいた。

「だから言っただろう。なんでもいいから遠慮なくしゃべれ。くだらないことを、いつまでも腹に溜めておくと、かわいらしい顔が豚になる」

「えっ、わたしの顔って、かわいいの？　いつも真っ黒に日焼けしているから、女の子らしくないって、バカにしていたのに」

「うん、今日は少し、かわいい。ちょっとだけ素直になっているみたいだから」

「ありがとう。お世辞でも、竜ちゃんにかわいいって言ってもらうと、うれしいな。わたしだって、女だもの」

「それで、おれになにが聞きたいんだ」

「あのね、竜ちゃんには特別な恋人がいないって、言っていたでしょう。それでも、あの……、セックスの経験はあるんでしょう」

興味津々《きょうみしんしん》といった目つきで睨まれ、瞬間、竜一はたじろいだ。

純正の童貞喪失は一昨日だった。二十歳になった男としては、遅すぎる。が、経験済みであることは間違いない。

「まあ、それは一応、卒業したことになるのかな」

実に曖昧《あいまい》な答えを出した。

「いいの、わたしは竜ちゃんの恋人でもなんでもないから、ヤキモチなんか妬かないわよ。それに、経験してくれていたほうが、うれしい。だって、わたしの悩みが話しやすくなったんだもの」

「あのね、おれの女性経験と美紗子の悩みに、どんなつながりがあるんだ。美紗子とハグしたのは、飛行場が初めてなんだぞ」

この天然娘の口から次になにが出てくるのか、竜一は不安になった。こちらが腰を抜かすほどびっくりする内容でも、美紗子はなんのてらいもなく話し始めることもある。

「これから話すことはほんとうのことだから、真剣に聞いてちょうだいね」

今日に限って美紗子の前置きは長い。

この調子では、よほどせっぱ詰まった問題に直面しているに違いない。

「今日のおれは真剣だ。なにしろ付き合い始めて八年目で、やっと熱い抱擁を交わした関係になったんだから」

「ほら、わたしのこと、バカにしている。熱いか冷たいかなんて、わからないでしょう」

「いいや。飛行場で美紗子を抱きしめたとき、美紗子のおっぱいから温かい鼓動が伝わってきた。ソフトボールで鍛えた強心臓なのに、音がバクバクしていたからな」

「いやーん、だってね、男の人に、あんな力いっぱい抱かれたのは、初めてだったのよ。竜ちゃんの軀、大きかった。わたしだって、緊張して、それから気持ちよくなって、心臓が驚いたみたい。わたしにも乙女心があるの」

ちょっと、待て……。竜一は、美紗子の全身を見なおした。

よれよれのジーパンに猫の絵柄が染められたTシャツ姿は、実に子供っぽいが、実態は二十歳になった、立派な女だった。思い出してみると、飛行場でハグしたとき、胸板に重なってきた美紗子の胸元は、それなりの膨らみを描いていたようだった。

なのに、男に抱かれたのは初めてだ、とは……。竜一の脳味噌は目まぐるしく回転した。ひょっとすると美紗子は、処女なのかもしれない。いや、間違いない。裸になった美紗子が男の抱かれている姿がまったく想像できないからだ。

「それで、おれに相談て、なんだよ」

竜一の問いかけは、にわかに忙しくなった。もしかすると、自分に災難が降りかかってくるかもしれない、と。

美紗子はうなだれた。しばらくの時間をおいて、意を決したような眼差しを送ってきたのである。

「わたしね、まだなの」

そのひと言だけを抜き出してみると、わたしはまだご飯を食べていないの、とか、わたしはまだ顔を洗っていないの、とかの平凡なロジックに聞こえてくるが、一連の美紗子のコメントをつないでみると、わたしはまだ男性経験がないの……、という、白状とも読みとれる。

だとすると竜一の推理は、ぴったり当てはまっていたことになる。

こうした場合、どのような言葉を返すべきか、残念ながら竜一の頭には、すぐに浮かんでこなかった。

「まだでも、そんなに恥ずかしがることはないだろう。美紗子は学業とスポーツで忙しく、くだらない男と付き合っている暇がなかったんだから」

美紗子のご機嫌を損なわない程度の返事が、やっと竜一の口から出た。

「でもね、事は急を要しているのよ。来週、もう一度伊勢さんと会って、正式な返事をする約束になっているんだもの」

「結婚を受諾するかどうかの、か」

「あの人はね、パパの前ではいい子ぶっているの。でも、ほんとうの姿はどんな男性か、よくわからない。遊び人かもしれないでしょう。わりとハンサムなのよ。わたしを小娘扱いするかもしれないでしょう。恋人がいなかったんだもの」

美紗子の言葉を要約すると、結婚相手の伊勢慎平なる男にバカにされたくない。美紗子はそう考えているようだ。ヴァージンを恥じることはいっさいないが、子供扱いされたら、癪にさわるというのが美紗子の本心のようだ。

「だったら、さっさと捨ててしまえばいいじゃないか。そうしたら、歳の差がいくらあっても、対等に話しあえる」

「そうでしょう。わたしもそう思うの。初夜の日、痛い、痛いって泣きべそかいたら、彼には一生、頭があがらなくなったりして。そんなのいやよ」

「それじゃ、伊勢慎平氏と対等な生活を送るために、美紗子の処女膜を奪ってくれる男を、至急、探す必要があるな」

瞬間、痛《いて》っ！　と、竜一は叫んだ。

美紗子の指が脇腹に伸びてきて、思いっきりつねられたからだ。なにしろソフトボールで鍛えた握力は男子顔負けの力強さを備えていた。

「そんな人がいたら、わたし、八丈島なんかに来ないわよ。竜ちゃんだったら、わたしの問題を充分理解して、協力してくれると思ったから、二万二千円も払って、飛行機に乗ったのよ」

（これは、ヤバイ……）

二十歳のヴァージンを捨てる相手として、白羽の矢が立てられたのは、もしかしたらおれだったのか、と。

「それは、美紗子の本心なのか」

それでも竜一は、用心深く聞いた。生ゴミと燃えないゴミを選別して捨てるのとは、訳が違う。

「本心て、どういう意味なの？　これでもわたし、ずいぶん悩んで、昨日の朝、やっと結論に達したんですからね。わたしのヴァージンを大事に拾ってくれるのは竜ちゃん以外にいない、って」

今のおれは、プロ野球のドラフト一位指名を受けた学生の心境に似ているかもしれない。

「あのね、美紗子、今ここではっきり言えることは、おれの前で裸になる勇気があるか、どうかだ。そのくらいの覚悟がないと、ヴァージンは捨てられない。パンツも脱ぐんだぞ。パンツを穿いていたら、セックスはできないだろう」

「それじゃ、聞きますけれど、竜ちゃんはわたしのヌードをちゃんと見守ってくれる？　わたし、全部、脱ぐ。ブラもパンティも。竜ちゃんの前で。それでも、わたしから逃げないって、約束してくれるわね」

美紗子はときどき言葉を切って、唇を嚙んだ。天然娘の頰が、緊張のせいか、ヒクヒクと引き攣れた。

(美紗子は本気でヴァージンを捨てにきたのだ)

竜一はそう読みとった。

竜一は丹田に力をこめ、気合を入れた。これからおれがやることは、義務と責任感の発露だ。全力を尽くして、悩める幼馴染みを救ってやらなければならない、と。

「美紗子、部屋に戻ろう」

竜一は命令口調で言い、彼女の手をつかんだ。そしてかなり強引な力で引っぱった。

「急に、どうしたの」

美紗子にしては珍しく、おびえた声で言った。

豪華スイートルームは、居間とベッドルームが別になっていた。居間を通りすぎ、ベッドルームのドアを開けた。カーテンが閉められた部屋は薄暗い。部屋の真ん中に備えられた超キングサイズのベッドには、青紫のカバーが掛けられていた。

「さあ、儀式を始めようか。順番に脱いでいってくれ。ただし、恥ずかしくなったら、いつやめてもいい。おれもそれなりに覚悟して、美紗子を見てやるからさ」

ベッドの上に胡坐《あぐら》をかいて、竜一は威厳をこめて言ったつもりだったが、声は明らかに震えたし、胡坐をかいた尻が落ちつかないのだった。

「ここで？」

ベッドの脇にたたずんだ美紗子の声も、かすれて消えそうになる。

「男の前で裸になるのは初めてなんだろう」

「そ、そうよ。もちろんよ」

「おれは男だからよくわからないけれど、目玉から火が出るほど恥ずかしいらしい。まあ、おれたちは幼馴染みなんだから、恥ずかしさが半減するかもしれない」

「違うわよ。中学生のときから友だちだった竜ちゃんだから、よけい恥ずかしいの。

それにね、わたしの軀って、全然魅力的じゃないみたいだし。おっぱいだって貧弱だって、ソフトボールのチームメイトが、悪口を言ってたの」

「貧弱かどうかは、おれが決めるんだ。ほかの奴の言うことなんか、気にすることはないと思う」

竜一は自信満々で言った。これほど強い気持ちになった自分を誉めてやりたくなった。

しばらくして、覚悟を決めたのか、美紗子の手がジーパンのファスナーに掛かった。が、すぐに引きおろすでもなく、モジモジしている。

（これは、景気づけをしてやらなければならない）

竜一は考えなおした。

おれがベッドの上でふんぞり返っていては、手も自由に動くまい。

それなりにムードを高めることが、次に進んでいく起爆剤になるだろう。竜一はベッドから飛び下りた。ハッとしたような視線を投げてきた美紗子のウエストに両手をまわし、引きよせた。

おれにヴァージンを捧げる勇気を持っている美紗子に、わざわざキスの承諾を得る必要もないだろう。熱烈なキスは、ヴァージン喪失に至る、一連の行為の範疇にある儀式ではないか。竜一は一人決めした。

「今日の美紗子は、ほんとうにかわいいな。いつも泥まみれになって練習している美紗子とは、全然違う」

「少しは見直してくれたのね」

「うん。かわいい美紗子に、キスをしたいと思ってしまったんだ。いやか？」

上目遣いに見つめていた美紗子の顔が、左右に振られた。そして、ひっそりと瞼を閉じた。薄いピンクの口紅を施した唇に、小刻みな震えを奔らせて。

「おれ、正直なことを言うと、慣れていないんだ。下手かもしれないけれど、我慢してくれるよな」

照れを隠して竜一は、あまり色気のない言い訳をした。

「キスに慣れている竜ちゃんなんか、嫌いよ。それに竜ちゃんのキスが上手か下手かなんて、わたし、わからないでしょう。キス初めてなんだもの」

瞼を上げてじっと見つめてきた美紗子の瞳に、はにかみの笑みが浮いた。

どちらからともなく求めた唇の接触が、身じろぎもしない二人の間で、長くつづいた。十秒だったのか、それとも二十秒だったのか。

唇を合わせたまま、二人は見つめあった。

唇に受ける感触より、美紗子のウエストと背中を抱いた手のひらに伝わってくる肌のぬくもりや小刻みな震えのほうが、彼女の今の心境を正直に表わしているようだな。

「キスをしちゃったね」

唇を合わせながら竜一はささやいた。

美紗子の瞼がまぶしそうにまたたいた。

「竜ちゃん、後悔しているみたい」

「うん、美紗子のファースト・キスの相手が、おれでよかったのかと、ね。不本意な男だったら、美紗子は惨めな思いになる」

竜一はずいぶんへりくだった。

「竜ちゃんしか、考えられなかった。だってそうでしょう。もしもファースト・キスの相手が伊勢さんだったら、わたしがかわいそうよ。あの人はまだ、好きでも嫌いでもないんだもの。わたし、竜ちゃんのこと、ちょっと、好きよ」

言葉を吐くたび、少し開く唇の隙間に竜一はスルッと舌先をすべり込ませた。早い者勝ちだ。美紗子の喉が鳴った。顔をしかめて、強く拒んでいる様子ではない。男の生舌《なまじた》を生まれて初めて含んだ乙女の、驚きのうめきだったのか。

竜一は舌先で探った。少し青っぽい唾が、舌のまわりに流れてきた。

初めはおそるおそるといったふうな彼女の舌のうごめきが、少しずつ大胆になってくる。潜りこんできた竜一の舌を舐めたり、吸ったりして。二人の唾が口の中で入りまじった。

美紗子の呼吸がどんどん荒くなっていく。苦しそうだ。吸ったり吐いたりする呼吸のバランスが悪くなってくる。気分を鎮めてやろうと、竜一は美紗子の背中を撫でてやった。

なぜか竜一は新しい発見をした思いに浸った。なめらかに伸びる背中に、ブラジャーのストラップが巻かれていたことを見つけて、だ。この子も一人前にブラジャーを着けているのか、と。

そのときになって初めて、竜一は美紗子の胸の盛りあがりを胸板で受けとめた。しっかりとブラジャーでガードされているが、特別、貧弱とは思えないのだった。

竜一は美紗子の軀のうごめきに異変を感じた。

意識的に軀を動かしているふうではない。二人の舌のうねりに合わせ、下半身をぐいぐい寄せつけてくるような。

彼女の背中を抱いていた右手の手のひらが、背筋をすべり落ちた。

ジーパンを膨らませる臀部の盛りあがりを撫で、そして、下側に指をまわし、持ち上げてみた。さすがにアスリート。筋肉質の膨らみだ。かなりのボリューム感が手のひらを圧迫してきた。

さわり心地はみっしりとして、重みがある。

「お臀の盛りあがりは、満点だな」

「ああん、誉めてくれるのは、お臀だけ？」

「Tシャツやジーパンの上からじゃ、よくわからない」

「だったら、シャツもジーパンも脱がせてちょうだい」

「おれの手で……？」

「いやなの？」

熱いキスの効能は、目覚しい。早く脱ぎたいとせがんでいるようで。

「楽しみは、できるだけ後まわしにしようと考えているんだ」

「わたしのヌードなんて、楽しみのうちに入らないでしょう。たまに鏡に映してみるの。そのたんびに、がっかりしちゃう。青くて、固そうだもの」

「よし、わかった。青くて固いかどうか、しっかり検分してやる」

「いやな人、竜ちゃん、て。検分だなんて。これから検便されるみたいよ」

ここまできても、美紗子の天然ぶりは解消されていない。

「それじゃ、おれはいよいよ脱がせにかかるから、しっかり立っているんだぞ。倒れても、助けてやらないからな」

「あーっ、ちょっと、待って」

半歩退いた美紗子は、Tシャツの前を押さえるようにして、腕を組んだ。

「どうした？　やっぱり恥ずかしいのか」

「あのね、わたしの下着……、そう、ランジェリーって、ものすごく地味で、竜ちゃんはきっと、がっかりするよ」

「ふーん、地味ね。いいじゃないか。おれは美紗子の下着を見たいわけじゃない。そんなもの、さっさと脱がせてしまうさ」

「でも、ジーパンとシャツを脱いだら、ブラとパンティになるでしょう。ふたつとも白よ。だってね、下着売り場に行って、カラフルなランジェリーを見ているだけで恥ずかしくなって、絶対、手が出せないの。ほら、Tバックってあるでしょう。あんなパンティ、絶対、穿けないわ。お臀のまわりがスカスカになってしまうようで」

「そうだな、美紗子のお臀にTバックは似合いそうもない」

「おばさんパンツでも、嫌いにならないで。だって、まさか竜ちゃんに、下着を見せるなんて、考えてもいなかったんだもの」

わりと真面目顔で、この子はやはり奇妙なことを言う。お前はヴァージンを捨てにきたのだろう。だったら、下着を見られるが当たり前だ。そのあたりの思考回路は普通人と大きな隔たりがある。

「おばさんパンツでもなんでもいいから、邪魔っけなシャツやジーパンは、早く脱いでしまおう」

正直な心境を白状すると、自分のほうがはるかに緊張しているのだ。キスから解放された口はカラカラに渇いているし、下半身に落ちつきがない。

いよいよ美紗子を裸にしていくという昂奮が股間をざわつかせ始めた。ときおり、男の肉の先端がピクリと跳ねあがって、ブリーフをこすっている。

(うーん、困ったぞ)

三十七歳の女将も、最大限に怒張した竜一の肉の棒を目にして、驚愕した。大きすぎます、と。船の事故で亡くなったご主人の倍以上の容量があるとか。

が、ヴァージンである美紗子には、男の肉の大小を比べる基準がない。

長さは約二十五センチ、直径三センチ強の肉の棒を男の平均サイズと認識してしまったら、結婚相手の伊勢氏にとっては、悲劇になる。

竜一は密かに祈った。

あまりでかくならないでくれ、と。いや、初対面の肉の棒の大きさに仰天し、不安になり、恐れおののかれては、ヴァージン喪失の儀式は、ただちに取りやめとなる可能性もあるのだった。

竜一の心配など無関係といったふうに、美紗子は目で訴えてきた。地味な下着でも我慢してね、と。

(なるようにしか、ならないさ)

竜一は腹を括った。そして、Tシャツの裾をつかんでめくり上げた。

(へーっ、逞しい腹筋だ)

ソフトボールで鍛えた腹筋は、美しく引きしまっている。小さな丸い臍がかわいらしい。竜一は一気にたくし上げた。長い黒髪を巻き上げて、シャツは頭から抜けた。

純白のブラジャーが目に染みた。いや、それ以上にびっくりしたことは、顔や首筋、腕が日焼けしているのに反して、シャツに隠れていた胸まわりやお腹の肌理《きめ》の細かい素肌が、なめらかな色白だったことに。

平凡な表現を借りると、若さが漲《みなぎ》っているのだった。

（乳房だって、並みのサイズじゃないか）

残念ながら竜一も、乳房の大小を比較するほどの経験はなかった。白いブラジャーに下側から押しあげられた乳房の谷間は、指の二本くらい、ゆっくり嵌まる深さがある。貧弱だと悲観するのは思いすごしだろう。

ここで手を止めてはいけない。

竜一は美紗子の前にしゃがんだ。そして、ジーパンのファスナーをひと思いに引き下げた。

「ああっ、そんな乱暴をしないで」

悲鳴をあげた美紗子の両手が、半分あらわになった白いパンティのフロントをあわてふためいて押さえたのだった。

そんな必死に隠さなくてもいい。が、美紗子の恥じらいの姿に、竜一はホッとした。天然娘でも女らしいところもある、と。

美紗子の言ったとおり、実にシンプルなデザインだった。が、地味とは言いがたい。股間の丘の盛りあがりが、白くて薄いパンティのちょうど中央部分をムクリと膨張させて、とても生々しい。

派手なデザインで、カラフルなランジェリーを着けている女性は、自分の軀に自信がないんだろうと、竜一は自分なりの結論を下した。

「美紗子には、純白が似合っているな」

竜一はお世辞でなく、本心から誉めた。

「おばさんぽい下着でも……？」

「うん。美紗子のパンツがピンクや青、紫のけばけばしい色彩だったら、おれはきっと悲しくなる。ましてやTバックなんか穿いていたら、ジーパンをずり上げただろうな」

「ほんとうに？」

「美紗子の軀は、下着で化粧をする必要はないんだ。もともとの体型が、びっくりするほどきれいなんだから」

われながら上手に誉めてやったと、竜一は自己満足した。

最後の仕上げである。ジーパンを足首から抜いて、もう一度彼女の全身を見まわした。

が、少々、おかしい。腕や首筋、顔の日焼けは我慢できても、ソフトボールのユニフォームはどうやら半ズボンで、ストッキングを穿いているせいか、太陽の当たる膝のまわりだけ、きっちり日焼けしているのだ。

白と褐色に区分けされたマダラ模様の全身を目にして、竜一は懸命に笑いを噛み殺した。この恰好を婚約者の男が見たら、どういう反応を示すか、楽しみなところもある。

「なに笑ってるの？」

美紗子は不満そうに言った。

「新しい女性の魅力を、今、見つけたような気分になって、さ」

「ほら、わたしの下着を見て、あきれているんでしょう。今度、下着売り場に行ったら、竜ちゃんの好みに合ったデザインやカラーのパンティとブラを見つけてくるから、期待して待っててちょうだい」

反抗的な口利きだが、美紗子の目は笑っている。

「わたし、八丈島まで来てよかった。竜ちゃんの前だと素直になれるんだもの」

美紗子はしんみりした口調で言った。そして……、

「女には、女になる日って、必ずあるでしょう。結婚が決まりそうになったとき、わたし、真剣に考えたのよ、それもずいぶん長い時間。わたしを女にしてくれる男性は誰がいいかなって」

そこまで言った美紗子の上体がユラユラッと胸板に倒れこんできたのだった。

「女の子は、苦労が多いんだ」

「ううん、友だちの中には、もっとドライに考えている子がいっぱいいる。お酒を呑んで、ちょっと気が合っただけで、すぐホテルに行く子が……。でもね、わたしは大事にしたかった、自分の軀を。たくさん考えて、竜ちゃんだって、決めたの」

愛しさがつのってくる。

天然娘に、こんなかわいい一面があったのか、と。

「美紗子の期待に添えるかどうか、わからないよ。ほんとうのことを言うと、おれも経験不足なんだ。美紗子の軀をうまくリードできる自信は、ほとんどない。でもさ、おれ、全力を尽くすから、お互いにがんばってみようよ」

竜一にしてみると、精いっぱいの愛の告白だったのかもしれない。

(待てよ……)

竜一は思いなおした。美紗子だけを裸にするのはかわいそうだ。見世物じゃない。ブラジャーとパンティだけになって、じっと佇《たたず》んでいる美紗子を横抱きにしてベッドに運び、静かに寝かせた。

「女の子が処女を喪失するとき、そこでどんなことが起きるか、美紗子だって、少しくらいの知識はあるだろう」

　Tシャツを頭から抜き取りながら竜一は、さりげなく聞いた。

「うん、ちょっとだけ。女の子には処女膜があって、男の子が突き破ってくるんでしょう」

「まあ、そういうことだが、突き破る道具は男性器だ。それもかなりでっかくなって、固くなって、力強く膨張しないと、目的は達成できない」

「具体的にどうなるのか、よくわからないわ。でもね、そのとき、痛いんでしょう。それでね、竜ちゃんに痛くされるんだったら、我慢できると思ったの」

（かわいいことを言う……）

　ますます愛おしさがつのってくる。

「しかし美紗子は、見たことがないだろう。男の性器がびっくりするほどでっかくなって、固くなった形を」

「そんなの知らないわよ」

「そこでおれは美紗子に見せてやろうと考えた。大きくなった現物を。自分の目でしっかり確認しておいたほうが、いざというときに、あわてないで済む」

　竜一はジーパンを脱いだ。

あーあっ……、あきれた。ブリーフの前がこんもり盛りあがっていた。現在の膨張率は六十五パーセントほど。

ふいに、ベッドに寝ていた美紗子の上体が、揺れながら起きあがった。ブリーフ一枚になった竜一の軀を、穴の空くほど見つめてくる。

「元気そうな軀……」

美紗子の瞳の焦点が定まらない。頭のてっぺんから爪先に、ぼんやりとした視線を投げてくる。

「具体的に説明しておくと、平常時の男の性器は、親指大くらいかな。ところが昂奮してくると、その親指が台湾バナナ大に膨れる。なかには成長著しいゴーヤくらいまででっかくなるんだ」

おもしろい子だ。まるで憎めない。

竜一の説明が終わると、美紗子の視線は白いブリーフの膨らみに向いた。

「竜ちゃんは台湾バナナなの？　それとも、ゴーヤ？」

「決めるのは美紗子だよ。おれはゴーヤ級だなんて、得意がって、威張るわけにはいかないしな」

ベッドの上で横座りになっていた美紗子の膝が、シーツを噛んで前に進んだ。膝小僧の日焼けに目をつむっておけば、生肌はスベスベしていそうで、生白い太腿の丸みは、唇を寄せて舐めまわしたくなるほどなめらかなのだ。

「さあ、全部脱ぐから、バナナかゴーヤか、美紗子が決めてくれ」

威勢よく言い放ったが、さすがに恥ずかしい。

それでも竜一はやや腰を折って、ブリーフを引き下げた。つい今しがたまで六十五パーセントの膨張率と考えていた男の肉が、一気に九十パーセント以上まで成長した。

膨張していくスピードは、瞬時である。

ブリーフのゴムを弾いて、筒先がバチンと音を立てる勢いで跳ねあがった。そそり勃つ勇姿が、それは重そうにゆらついた。

声もなく、美紗子は目を凝らしてきた。

「ほっきい……」

竜一の耳には確かに、そう聞こえた。

「大きいだけじゃなくて、バランスが整っているだろう。そんなに悪い形じゃないと、おれはいつもかわいがっているんだ」

「ねっ、ちょっと聞くけれど、もともとの大きさは親指ぐらいだったんでしょう。

それじゃ、ゴーヤになったお肉は、どこから集まってきたのかしら」

非常にむずかしい質問である。が、所有者の自分だって、その謎を正確に解明できていないのだから、説明のしようがない。

「美紗子とキスをして、それから、かわいらしいホワイトの下着を目にしたら、勝手に大きくなったんだ。おれにも、そのメカニックはよくわからない」

あっ！　竜一はびっくりして、思わず後ずさりした。

自分が下着姿になっているのも忘れたふうに、美紗子はピョンとベッドから飛び下り、竜一の真ん前にしゃがみこんだからだ。その素早さは、ソフトボールで鍛えた体力のなせる技。

人生経験豊富な明渡女将だって、びっくり仰天した巨砲なのに、美紗子に驚きの顔色は見られない。裏筋を跳ねあげ、しかも、数滴の先漏れの粘液をもらしているというのに、鼻先をすり寄せ、クンクン匂いを嗅いでくる。

天然娘に怖いものはないらしい。

「バナナとかゴーヤじゃないわ。どちらのフルーツも、先っぽがスルッと尖っているでしょう。でも、竜ちゃんのこれは……、先端が立派に張っているの。色だって全然違うし。竜ちゃんのこれ、温かそうな血が通っていて、呼吸をしているみたいにユラユラ揺れているんだもの」

説明の言葉が出てくるたびに、彼女の生温かい呼吸が裏筋に当たってくる。

素っ裸になったら、腰を抜かさんばかりに驚いて、顔を伏せ、逃げまどうのではないかと予想していたが、大外れだった。

（こらっ！　無断でさわったら、いかん！）

竜一は大声をあげそうになった。美紗子の右手の指が、さほどためらいもなく伸びてきて、先漏れの粘液で濡れた鈴口周辺をヌルリと撫でてきたからだ。

「いやだ、竜ちゃんたら、泣いている。こんなに涙が出ているよ。拭いてあげる」

その部分は男の急所だ。さわるんだったら大事に扱ってくれと頼みたくなった。

美紗子の指は鈴口から鰓の張りを撫でまわし、裏筋を這いおりていく。張りつめた男の肉の感触を愉しんでいるふうな。

「わかったわ。竜ちゃんのこれ、頭の大きなウナギかウツボよ。ウツボって、きれいな斑紋があるのに、狂暴な性格で、嚙みつくんですって。それにヌルヌルしているでしょう。植物に言いかえるのは、不自然よ」

「おれのウツボは嚙みつきはしないが、狭い穴に図々しく侵入していく悪い癖があるんだ」

きた。

竜一は負けずに言いかえしてやった。

亀頭のヌルヌル部分を指の腹でいたずらしながら、美紗子は目をフッと見あげて
「狭い穴って、わたしの処女膜があるところ？」

「そこもあるだろうが、口の中にも潜りこんでいく危険性がある」

「それって、もしかしたら、フェラチオのこと？」

美紗子の口からなんのためらいもなく出てきたひと言に、竜一はたまげた。実体験はなくても、耳学問はそれなりに吸収されているらしい。

「ものは試しに、やってみたいと思うか」

「ここに、フェラを……？」

「うん、そうだ。結婚すると、旦那さんから必ず要求されるだろうから、練習しておいてもよさそうだ」

口から出てくる卑猥な表現は、竜一の官能神経を遠慮なく煽ってくる。それと同時に、おれはこんなに図々しい男だったのかと、猛省したりして。

「竜ちゃん、わたし、ちょっとおかしくなってきた。頭がクラクラして、それから、お腹の底のほうが、急に熱くなってきたみたいで」

「変なものを見たから、具合が悪くなってきたのか。それじゃ、ベッドに上がって寝なさい」

目を閉じて、美紗子はベッドに上がった。そして仰向けに寝た。

マダラ模様の日焼けさえ気にしなかったら、伸びやかな半裸であることは間違いない。

数秒して、美紗子の瞼がひっそり上がった。白目が薄桃色に変わっていて、いくらか涙目になっていた。

「ほんとうのことを言うと、ものすごく恥ずかしくなってきたの。竜ちゃんのウツボにキスをしたいと思ったら、手が震えて、息が苦しくなってきて、しゃがんでいられなくなったの」

「無理をしなくてもいいんだ。今日の目的は処女喪失なんだから、フェラはよけいなことだろう」

「ううん、でも、したいの。今日を逃がしたら、竜ちゃんのウツボにキスをするチャンスは、二度とこないかもしれない。だから、ねっ、わたしのお口のそばに、ウツボちゃんを寄せてきて。寝ているんだから、眩暈はしないわ」

懇願された。美紗子の小さな口に収容できるはずもない。それほど竜一の男の肉は、雄々しく迫りあがっていた。

竜一はすぐさまベッドに上って、両膝をつき、指先で亀頭を挟んだ。そして、食い入るように見つめてくる美紗子の唇にすり寄せた。急遽襲ってきたメガトン級の昂奮は、先漏れの粘液をジクジクと大量に滲ませ、亀頭を包む薄い皮膚を鮮やかなピンクに染めていく。

「ちょっと、待って。竜ちゃんはフルヌードでしょう。わたしも、全部脱ぐの。二人とも、裸になったほうが……、そうよ、竜ちゃんの大きなウツボは、わたしの処女膜をすぐに食いやぶってくれるわ」

美紗子の手が忙しく動いた。

背中を少し浮かし、ブラジャーのホックをはずすなり、ぽーんと投げすてた。艶のある純白の乳房は、ナンテン色に染まった乳首をほんの少し尖らせ、柔らかそうな盛りあがりを描いたのだった。

竜一はじっと見守った。

肩や腕の筋肉、腹筋の強さ、強靱そうな太腿の丸みに比べ、乳房だけは、搗《つ》きたての餅のような柔軟性に富んでいるふうに見えた。手のひらに包みこんで、ギュッと握ると、指は埋まっていくが、すぐに跳ねかえしてきそうな弾力も秘めていて。

が、よけいなこと考えている時間はなかった。

美紗子の指が白いパンティのゴムに掛かって、スルスルッと引きおろしたからだ。すべての衣類がなくなった股間に竜一は、反射的に目を向けていた。小高く盛りあがった恥丘に茂る黒い毛の群がりは、輪郭のはっきりした長方形だった。面積は少なめだったが、ヘアは密生している。

「ねっ、脱いだでしょう、全部。すっきりしたの。だから、早くウツボちゃんを」

美紗子は唇を尖らせてせっついてきた。

仕方がない。彼女の要求を素直に受けてやるのが、処女喪失役を任された男の役目だと、竜一は再度、亀頭の先端を指で挟んで、美紗子の口元にすり寄せた。美紗子の睫毛がまぶしそうにまたたいた。

ピンクの舌が出た。亀頭の裏側にチロチロ這わせてくる。接触はほんのわずかだが、刺激は強烈だった。迫《せ》り出《だ》した股間がびくついた。勝手に弾むのだ。呼吸は荒くなり、心臓の鼓動は速くなる。

（お返しに、クンニをしたほうがいいのか）

竜一は悩んだ。

が、亀頭に受けた刺激は股間の奥に激しい脈動を奔らせ、情けないことに噴射の兆しを伝えてくるのだった。今の目的は、処女喪失である。空中発射ないしは、顔面掃射でもしたら、二万二千円の大金を投じて、わざわざ八丈島まで来た美紗子の願いを踏みにじることになる。

どうなるか、さっぱりわからない。

今もっとも正しく実行すべきことは、挿入だった。

美紗子に快感があるとは考えにくい。だったら、一刻も早く挿入して、邪魔な処女膜を撤去すべきだ。

「美紗子、やってみるよ」

わけのわからないひと言を告げて、竜一は仰向けに寝ている美紗子の真上から、覆いかぶさった。

「わたしを女にしてくれるのね。とうとう、そのときがきたんだわ。わたしの二十歳の秋に」

「すまん。おれ、不器用な男で、なんにもサービスできないんだけれど、今すぐだったら、美紗子の軀に、なんとか入ることができそうなんだ。痛かったら、やめるから、言ってくれ」

半分は泣き言になった。クンニどころではない。股間の疼きは待ったなしの状態に追いこまれている。

ぐずぐずしていられない。気配を察したのか美紗子は太腿の根元を大きく広げ、男を迎えいれる体勢を取ったのだ。

（無事に入ってくれ）

竜一は祈った。

美紗子の膣口がどのあたりにあるのかもわからないまま、竜一は腰を使い、先漏れの粘液で濡れた亀頭で、美紗子の股間を探った。亀頭を濡らしている粘液が、美紗子の股間に染みていく。

「あっ、ねっ、当たった」

美紗子の声が甲高く響いた。

「このあたりでいいのか」

「よくわからない。でも、ねっ、当たってきたのよ。かわいらしくない言い方でごめんなさい。あのね、オシッコが出てくるところに」

長さ二十五センチ、直径三センチ強に膨張した肉の棒でも、緊急の場合はとてもだらしない。肉の棒の根元に電気が奔ったような刺激を感じ、亀頭がビクンビクンと跳ねあがる。

美紗子の股の奥あたりを、ヌルヌルとこすっているのだ。

もう少し気持ちの余裕があったら、起き上がって美紗子の股間を詳しく点検できるのだろうが、せっぱ詰まった状況は、彼女の軀から少しでも離れた瞬間、あたり構わず、ビュビュッと噴き出してしまいそうな危険をはらんでいた。

そんな不細工なことをしたら、笑われる。

（噴射は美紗子の軀の奥深くに！）

竜一は歯を食いしばって耐えた。ある種、拷問である。

次の瞬間、竜一は亀頭のまわりに生温かさを感じた。ズブズブッと、なにかに埋まっていくような。

「あっ、竜ちゃん！」

美紗子の声が、嗄れて飛んだ。

「入ったのか」

「きたみたい。あーっ、なにかが入ってきたわ」

「痛くないのか」

「少しだけ。でもね、わたし幸せなの。だって、たった今、女になったんでしょう。

あーっ、どんどん入ってくるわ。竜ちゃんのウツボちゃんは、優しいの。乱暴なことをしないわ。わたしのお腹の中を舐めてくるみたいで」

美紗子の両手が背中にまわってきて、ヒシッと抱きしめてきたのだった。

ごく自然に、二人の唇が重なった。瞬間、我慢に我慢を強いられていた男の肉の根元が大爆発した。男のエキスが、止め処もなく噴き出していく。

（こんなことでよかったのだろうか）

とんでもない不始末を犯してしまったような感覚にとらわれた竜一は、唇を離してそっと美紗子の表情を追った。

（かわいい……）

それが実感だった。なぜなら、美紗子の目尻から大粒の泪が、ひと筋、ふた筋と流れ出て、頬に伝わっていったからだった。

第六章　逆さ恥戯

畠中翔子が神田にある料亭『水無月』に招かれたのは、実りの秋も間もなく終わろうとする十月半ばだった。山城竜一と畠中翔子が、八丈島で偶然会ってから、一カ月半後のことである。

畠中さんをお店に招待してあげなさい、と言い出したのは、山城竜一の祖母である日名子だった。

畠中さんのご一家は、縁者でもないおつやさんのお墓を江戸時代からずっと守ってくださったんでしょう。お礼をするのが当然です。陽一郎には、わたしから伝えます。お店で一番おいしいお料理を、たくさん召しあがっていただくように、と。それから、畠中さんはお酒を嗜《たしな》まれるのかしら。だったら、フランス製のワインがありますから、二本でも三本でも呑んでいただくよう、お勧めしなさい。

祖母は信心深い女性である。

祖母の招待を、竜一はそのまま先輩に伝えた。

そして、その日がやってきたのだ。

秋の陽は釣瓶《つるべ》落とし。時計の針はまだ五時を少しすぎたばかりだというのに、神田の商店街は赤や青のネオンが灯り始めていた。竜一は父親に頼んで、『水無月』の個室を用意してもらった。八畳ほどのその部屋は、真ん中に大きな和式テーブルが設《しつら》えられていて、寒さの厳しくなるころには、掘り炬燵になるよう設計されていた。

テーブルは、ご大層な掛け軸を吊るした床の間を背にする、四人掛けである。約束の五時半前、竜一は『水無月』に向かい、賓客を迎える準備に取りかかった。紫色の分厚い座布団の横には肘掛けを置き、花屋から取りよせたばかりの真っ白な「月下美人」の花束を、床の間の花瓶に挿した。

アルコールと料理は、父親にお任せ。

あとは先輩の到着を待つばかり。竜一は胸の躍る思いを必死に抑え、店の玄関まで歩いた。

ちょうどそのとき、濃紺の暖簾をくぐって、楚々と入ってきた一人の女性の姿に竜一は目を見張った。

一瞬、誰かと思った。が、見間違うことはなかった。畠中先輩だ。

驚いたことに、和服姿だったのである。芥子色《からしいろ》をモチーフにした袷《あわせ》に、紅葉をあしらった黒の帯を締めたシックな装いが、アスリートをセールスポイントにしていた先輩の容姿をすっかり様変わりさせていたのである。

その上、ショートカットだったはずの黒髪は、どこをどう細工したのか、頭の後ろに丸く結い上げ、赤い小さな玉簪《たまかんざし》を一本、さりげなく差していたのだ。

「びっくりしました。先輩の和服姿を見るのは、初めてでしたから」

「少しくらい、大人の女になったかしら」

儀礼的な挨拶は抜きにして、二人は顔を見合わせ、クスンと笑いあった。

八丈島で偶然に会った折、先輩は確か、裾の極端に短いパンツに、ノースリーブのシャツで、淡いブルーのブラジャーの影が、わずかに浮きあがっていたと竜一は記憶している。

八丈島から帰ってきて、なぜか音信不通になっていた。

先輩の姿は、大学のプールにも現われなかった。一カ月に二度、三度は八丈島に飛んで、黄八丈の染め方、編み方を勉強すると先輩は言っていたのに、先輩からの連絡はいっさいなかったのだ。

八丈島への誘いはきっと、気まぐれ、冗談だったのか……。一人で気落ちしながらも竜一はそう判断していたから、『水無月』に招待したい旨を連絡したとき、快く受けてくれた先輩の言葉に、内心ホッとして、うれしさがこみ上げた。

店先で立ち話もできない。

竜一はさっそく、個室に案内した。上座を勧めて、竜一は大満足した。芥子色の袷と、床の間に飾った「月下美人」の真っ白な花びらが、一幅の絵画を描いたように、見事にマッチしたからだ。

座布団に正座した慎ましやかな先輩の姿と、競泳用のスイミングスーツをキリッと着用し、エビのように背中を反らしながらプールに飛びこむ姿は、同一人物とはとても考えられない。

ましてや、八丈島の砂浜で先輩は全裸になり、竜一の顔に跨ってきた。そのとき、おびただしい女の蜜が竜一の唇に染みこんだ。

(あの先輩は、どこへ行ってしまったのだ)

不思議の世界に迷いこんだような混乱に、竜一は何度も瞼をまばたかせ、そして、こそっと頭を振った。先輩はいつもぼくを大混乱させる、と。

「いやだわ、いつまでも、そんなにわたしの顔をジロジロ見ないでください。それとも、顔にゴミでも付いているのか、お化粧が下手だとか？」

テーブルに置かれていたお茶をひと口飲んで、先輩は上目遣いの視線を投げてきたのだった。

とんでもない。ゴミなど付着していないし、やや濃いめの口紅はちょっと気になるが、ついつい見とれてしまうほど美しい。

「先輩の和服姿を見ていると、一カ月半前に起きた八丈島の出来事が、信じられないんです」

竜一は正直に、自分の胸のうちを伝えた。

先輩の頬が、瞬間、ポッと染まった。

「あなたは、あの日のこと、まだ忘れていないの？」

「忘れるはずがありません。ぼくにとっては常春の島の、スイートドリームだったんですから」

「思い出してみると、ムチャなことをやってしまったのかしら。わたしは、八丈島で二人でやったことを何度も考えなおして、自分の責任を追及していたの。大人として恥ずかしい行為だったのか、どうかを。後輩を一時《いっとき》の遊び心で迷わせてはいけない、とも。一カ月以上もあなたに連絡しなかったのは、なかなか正しい判断が出てこなかったからよ」

「それで、結論は出たんですか。あんなことはやるべきじゃなかったとか」

薄いブルーのアイシャドーを注した先輩の目元に、甘えるような笑みが浮いた。

「反省とか後悔の思いが強かったら、あなたのお祖母様のお誘いはお断りしていました。竜一さんには二度と会ってはいけないと、自分に言いきかせて」

「そうすると、ぼくがやったことを許してくださった……」

「許すも、許さないもないわ。あなたが一人でやったことではないでしょう。八丈島の砂浜で、お洋服を全部脱いで、あなたのお顔に跨ったのは、わたしです。合意だった……、いえ、二人の愛の発露だと、わたしは確信しました。ねっ、そうでしょう」

テーブルのコーナーを挟んで座っていた竜一の手に、先輩の指がすっと伸びてきて、重なった。温かい。自分の想いをこめて竜一は、強く握りかえした。

「よかった。ほんとうにうれしいです、そんなふうに言ってもらって……。先輩からなんの連絡もなかったので、心配したり、不安になったりして、何度か連絡しようかと考えたんですが、留守電になっていたりしたら、ぼくはひどく落胆して、寝こんでしまうかもしれないと、ずっと歯を食いしばって、我慢していました」

「竜一さん、もっとこちらに来て」

先輩の声が震えて低くなった。

胸が激しく高鳴った。尻をずらして竜一は、二人の間隔を狭めた。

「あれから一度だけ、一人で八丈島に行ってきたのよ。黄八丈のお勉強に。でも、なにを勉強していたのか、全然わからなかった。二泊三日の間、ずっと考えていたのは、あなたのことだけだった。寂しかったわ。あの砂浜にも行って、それから、おつやさんのお墓に、お線香をあげてきました。でも、途中の林の中で、そう、あなたに抱かれたときのことを思い出して、涙が出たの。止まらなくなったわ」

「それって、ほんとうのことですか」

「二人でキスをしたでしょう。あなたの唇やお口の味が、むしょうに恋しくなって」

思わず竜一は、さらに顔を寄せた。

先輩の顔も近づいてきた。どちらからともなく求めた二人の唇が、静かに重なった。唇を合わせながら竜一は、先輩の肩を抱きよせた。

「翔子さん、食事が終わったら、ぼくの部屋に来てください。ぼくの家は、歩いても数分です。来てくれるでしょう」

それまでしっかり閉じられていた先輩の瞼が、ひっそり開いた。ニコッと微笑みかえされた。承諾を意味している。抱きしめたい衝動を必死にこらえて竜一は、そっと唇を離した。

竜一の自宅は『水無月』から、御茶ノ水《おちゃのみず》駅に向かう坂の途中にある。三階建ての住宅は、竜一が結婚して子供が生まれることまで想定され、全部で九部屋の三世帯住宅になっていた。

父親が料理してくれた食事は特上牛のステーキ、キンメ鯛の塩焼き、新鮮野菜のサラダなど、合計六品目がテーブルに並べられた。正直言って、食事の途中から、竜一は料理の味もわからなくなっていた。

箸を置いては先輩が膝を寄せてきて、額や頬にチュッと唇を重ねるいたずらをしてきたからだ。手も休まない。太腿や胸板をそれは愛おしそうに、サワサワと撫でてきたりして。父親が出してくれたワインボトルは、三十分ほどで空になった。

昂奮するとアルコールのまわりが速くなることを、竜一は実感した。

食事が終わって、自宅まで歩き、三階の自室に戻ったのは八時半をすぎていた。

「大きなお部屋……」

部屋に入るなり、先輩は驚きの目をあちこちに向けた。十五畳ほどの角部屋で、部屋の二面に造られた窓には、モスグリーンの遮光《しゃこう》カーテンが吊るされている。

二台のパソコンを置いたデスク、革張りのソファ、大型のテレビ、特注した書棚には漫画本から大学の教材、小説などが無造作に並べられている。

反対側にはキングサイズのベッド、冷蔵庫、電子レンジなどもある。

「わりと住み心地がいいんです。シャワールームやトイレもあって、部屋に入ったら、二、三日こもっても生活には困らないようになっています」

「学生なのに、贅沢なのね。わたしのお部屋は賃貸のワンルームマンションよ。お部屋の広さは八畳で、そこに机やベッド、小さな箪笥、冷蔵庫を置いてあるから、座る場所もないの。それでもお家賃は、八万五千円。高いでしょう」

竜一は突然思いついた。無駄なお金を遣ってはいけない。

「先輩、よかったら、この家に引っ越ししませんか。部屋が九つもあるのに、住んでいるのは祖母と両親、それにぼくの四人ですから、余った部屋がいくつもあるんです。両親が留守をしているときは、怖いくらい静まりかえった家になってしまうんです。だから、引っ越ししてきてください。もちろん、家賃なんかいりません」

先輩の大きな瞳がキョトンとして、また部屋中を見まわした。信じられないといった様子である。

いつまでも黙っている先輩に向かって、竜一は勢いをつけて付け足した。

「ぼくの家は料理屋でしょう。食料は豊富に揃っていますから、お腹を減らすことはありません。それに、父親は薬屋もやっています。頭痛とか腹痛になっても心配ないです」

しばらくして、先輩はやっと口を開いた。

「山城くんて、とっても愉快な人」

先輩の言葉遣いがおもしろい。山城くんになったり、竜一くんになったり。それは一カ月半前、八丈島に行った折もだった。

「えっ、どうしてですか」

先輩も愉快な女性ですと、言い返したくなったが、その言葉は喉の奥に呑みこんだ。

「このお宅はお父様の家でしょう。息子さんが、間借り人を勝手に決めちゃいけないわ。それに、わたしはまだ一度もご両親にお会いしていません。そんな女の子がベッドや机を担いで引っ越ししてきたら、驚いて、警察に届けられるかもしれないでしょう」

「いえ、その点は全然心配いりません。八丈島から帰ってきたとき、島で撮影した写真を見せながら、詳細を説明したんです。先輩のスナップ写真も、です」

「えっ、それって、ほんとうのこと！」

「そうですよ。父はずいぶん気にいって、こんなにかわいらしい女性が竜一の嫁になってくれたら、わたしも安心だがな、なんて言っていました」

「ねっ、まさかその写真の中に、わたしのヌードは入っていなかったでしょうね」

「ぼくはこれでも常識のある男だと思っています。それに、もしも翔子さんのヌード写真を撮っていたら、両親でも絶対見せません。ぼく一人のものですから」

並んで立っていた先輩は、急に、ヘナヘナッとソファに腰を下ろした。

三十分で呑んでしまったワインが今ごろになって血管を駆けめぐり、悪酔いでもしたのかと、竜一は急いで彼女のかたわらに座り、背中をさすってやった。すぐに先輩の両手が竜一の腕に巻きついてきたのだった。

とても苦しそうに、肩で息をしたりして。

「あなたは心底から優しい男性だったのね。お祖母様もご両親も素敵。みなさんとっても優しそうでうらやましい」

言葉を紡ぎながらもうつむいたままの先輩の顔をそっとうかがった。その姿に、プールで溌剌《はつらつ》とトレーニングに励んでいる活発さは、爪の垢ほども感じられない。

「先輩のご両親だって、優しいんでしょう」

そんな慰めの言葉しか思いつかなかった。

「父は青森《あおもり》県の大間《おおま》で、漁船の船長をやっているの」

「それじゃ、マグロですか」

「そうらしいわ。いつも大物を狙って、半月、一カ月と帰ってこないこともありました。でも父は、勉強するのは東京に限ると、わたしは、小学校のときから東京に住んでいる叔母の家に預けられていたの」

「そんなこと、全然知りませんでした」

「そのせいか、わたし、今の今まで、男性とお付き合いをするのが苦手だったというか、怖かった」

「でも、大学に入ってから一人暮らしをされたんでしょう」

「ほんとうは、とっても心細かった。一人で寝て、一人でご飯を食べて、一人で勉強するのって、疲れるときもあるの」

「それで、ときどき八丈島に行って、憂さを晴らしていたんですか」

「あのきれいな海を一人で見ていたら、もしかしたら素敵な出会いがあるかもしれないと、ちょっとだけ期待していたみたい」

「そうしたら、ぼくと会ってしまった……」

「あのときは有頂天になって、とっても恥ずかしいことをしてしまったわ。わたしは歳上だし、道をはずれてはいけないと、ずっと考えていたの。でも、今日、また再会して、あなたやあなたのご家族の優しさにふれたら、もっともっと、あなたに甘えたくなったの。わたしの気の強さが、ポキンと折れてしまったみたいで」

それじゃ、この家に引っ越ししてくれますね……。口から出かかった言葉を竜一はあわてて呑みこんだ。急いで決めることではない、と。この話は、一旦棚上げすべきである。

「あの、先輩、酔い覚ましにシャワーを浴びませんか。部屋の横にバスルームがあります」

「えっ、あなたのお部屋で、シャワーを？」

「わりと大きめのバスタブもありますから、お湯を入れましょうか。ゆっくりしてください。シャワーを浴びて眠くなったら、ほら、そこのベッドはぼく専用ですが、寝てください」

竜一の腕をしっかりつかみながら、先輩は顔を上げてきた。

やや濃いめの赤い口紅が、濡れて光った。

「こんなことを図々しく言ったら怒られるかもしれませんが、もしよかったら、背中を洗ってあげます。気持ちいいんですよ、背中を洗ってもらうと」

「まあ！」

先輩の目がドングリ眼になった。そしてあわてふためいて、袷の襟元を指でつまんで引きあわせた。

が、緊張した面持ちは、頬の赤みは抜けないものの、数秒で元に戻った。

「先輩が恥ずかしくないように、そのときはぼくも裸になります。中学生のころまで父と風呂に入って、背中を洗ってあげましたから、わりと慣れているんです」

「ほんとうに、お願いしてもいいのね、わたしの背中を……」

竜一は強い衝撃を受けた。バスルームはあるが、脱衣場はない。どうせ自分の個室なんだから、裸になるときは部屋で充分だと、脱衣場は造っていなかった。

そうすると先輩は、この場で帯をほどき、着物を脱いでいくことになる。

バスタブに湯を溜めてあげようとバスルームに飛びこんだものの、先輩が着物を脱いでいる間、自分はどこにいればいいのだと、竜一は深刻に考えた。水道の蛇口から滝のようにお湯が流れてきて、竜一は部屋に戻った。

「あの、ぼく、廊下に出ていますから、その間に着物を脱いでください。バスタオルはソファに置いておきます」

言い置いてドアから出ようとした。ほぼ同時に、先輩の声が飛んできた。

「わたしを一人にさせるなんて、ひどいわ。初めて伺ったお宅よ。あなたはたった今、言ったばかりですよ。背中を洗ってあげるって、それなのに、裸のわたしを置き去りにして逃げ出すなんて、ほんとうは、すごく冷たい人だったのね」

（ちょ、ちょっと待ってください）

先輩の剣幕に、竜一は手で制したくなった。

「それは、あの……、ぼくが見ていると、先輩も恥ずかしくなるかもしれないと、気を利かせたつもりです」

「そんな言い訳は通用しません。八丈島の砂浜で、わたしは裸になって、あなたのお顔に跨ったんですよ。少し恥ずかしいかもしれませんけれど、あなたが見守ってくれていたら、わたしは安心してお着物を脱いでいけます」

しかし……。竜一は部屋中を見わたした。二基のＬＥＤライトが天井に吊るされている。蛍光灯の明るさとは段違いで、この照度だと彼女の毛穴のひとつひとつまで、しっかり見えてしまいそうなほど明るい。

薄闇だった八丈島の砂浜とは、環境が違いすぎる。

あのとき、竜一は確かに、先輩の全裸を目にした。まばたきもせず見守ったつもりだったが、黒い毛が生えているあたりまで月明かりは届かず、ぼんやりとした黒い翳にしか見えなかった。それでも竜一は、夢中になって黒い翳に舌を這わせた。

「わたしを見守ってあげようという気持ちがあったら、ソファに座ってください」

さっきまでのどこか甘えた声音は消えて、先輩らしい命令口調が戻っていた。

(女の人って、相手をするのがむずかしい)

事があるごとに態度が豹変する。

先輩が着物を脱いでいく姿を見たくないなんて、とんでもない。ただ単に気を利かせたつもりなのに、ものすごく不平そうな先輩の口利きに戸惑っているだけだ。

それでも竜一は、ソファに座った。

先輩の目元に柔らかい笑みが浮いた。

「お着物を脱ぐのは、少し時間がかかるのよ。最初に帯締めをほどいてから、肌襦袢と裾よけ、それから足袋も脱がないといけないでしょう。見飽きないでそこにいてくださいな」

いろんな説明をされても和服の知識などなにもないから、まるでわからない。それに、先輩の手はなかなか動かないのだ。この明るさだ。やっぱり恥ずかしいんだ。

竜一は先輩の心情を察した。

（あっ、そうだ！）

急に竜一は思いついた。先輩が裸になってバスルームに入ったら、自分は背中を洗ってあげる約束をしていた。だったら、自分も裸になる必要がある。シャツやズボンを穿いたままでは作業がしにくい。

思いついたら、行動は素早い。すくっとソファから立ちあがるなり竜一は、長袖のシャツを脱いだ。中は半袖の肌着だ。それもさっさと頭から脱ぎとった。

「ああっ、なにをするの？」

先輩の声がワンオクターブ跳ねあがった。そして裸になった竜一の胸板をじっと見すえた。赤い唇の端が小刻みに震えはじめた。

「先輩の背中を洗ってあげるつもりですから、ぼくも裸にならないと、シャツやズボンが濡れてしまうでしょう」

竜一は臆せず答えた。

「ああん、でも、このお部屋は、こんなに明るいのよ。パンツも脱ぐんでしょう」

「もちろんです。素っ裸になります」

言行一致とばかりに竜一は、ベルトをほどき、ズボンを引き下げた。

ホッとした。男の肉はまだ勃起に至らず、大人しくしていた。ブリーフの膨らみも正常値である。

「あーっ、困ったわ。わたしはどこを見ていればいいのかしら」

先輩の声がオロオロし始めた。女の人って、おもしろい。たった今、裸になっていくわたしを優しく見守ってくださいなんて言ったばかりなのに、ぼくの裸は見たくないのかと、そのちぐはぐぶりについていけない。

帯締めをほどこうとする指は、まるで落ちつきを失って、帯を撫でまわしているだけなのだ。

「さあ、ブリーフを脱いだら、ぼくは準備が整いますから、先輩も早く脱いでください」

威勢よく言って竜一は、するりとブリーフを引きおろした。

あーあっ、元気がないな。半勃《はんだ》ち状態にもなっていない。親指を少し大きくした程度の肉棒が、陰毛の内側に、それはだらしなく埋もれているのだった。

（ええっ！）

竜一はたまげた。着物を脱ぐことを放棄して、先輩は前屈みになり、竜一の股間に鋭い視線を送ってきたのだ。唇を噛みしめて、食い入るように見つめてくる。

「かわいい……」

先輩は確かに、そうつぶやいた。かわいく見えたのは、自分の肉棒に違いない。喜んでいいのか、悲しんでいいのか竜一は判断に迷った。

「初めてよ、こんな明るいところで男性の……、ねっ、オチンチンを見るの。ああん、でも、八丈島の砂浜では、もっと大きくなっていたでしょう。わたし、ちょっとさわってしまったんですもの」

「でかくなっていくのは、これからです。先輩の着物が一枚一枚、床に落ちていくたび、ビクリビクリと勃ちあがっていく仕掛けになっています。だから、早く着物を脱いでください。かわいいと誉められるより、立派！　と賞賛されるほうが、うれしくなります」

「ちゃんと見せてちょうだい、大きくなっていく様子を、ライブで。勉強になるわ」

先輩の口ぶりが、また砕けてきた。しかしライブとは言いえて妙である。生々しい。膨張していく過程をとっくり見たという女性の話は、今まで聞いたことがなかった。

やっと脱ぐ気になったらしい先輩の指が帯締めを抜きさった。そして背中に結んである帯をほどき始めた。紅葉の絵模様を染めた黒い帯が、するすると床に流れていく。着物の前がゆるんだ。

が、今のところ、男の肉に変化はない。

「あとでお着物を着るとき、手伝ってくださいね。重労働なの」

いろんなことを言いながら、先輩は芥子色の着物を、はらりと腕から抜いた。

上も下も真っ白な薄物が二枚、先輩の軀をしっかり包んでいたのである。そして先輩は、すらりと立った。百七十三センチの長身が、さらに大きくなって、竜一の目に映った。

あっ！　竜一は目を凝らした。

胸のまわりを包んでいる白い布が、小高く盛りあがっていたのだ。小さな肉の蕾が、ポツンと尖っていて。先輩のおっぱいだ。一カ月半前、八丈島の砂浜で、チラッと見えた乳房は、楕円形だったのか、円錐型だったのか、わずかな月明かりでは正確に判断できなかった。

が、今は間違いなく、白い布をゆらりと盛りあげている。

ということは、ブラジャーを着けていない。だとすると……。竜一の視線は急降下した。ブラジャーを着用していなかったら、パンティも穿いていないだろう。和装のとき、下着を着けない女性が多いらしい、ということは誰かに聞いたことがあった。

親指を少し大きくしたくらいの寸法だった男の肉が、いきなりピクリと跳ねた。

「翔子さん、あの、下も穿いていないんですか」

竜一は唐突に名前を呼んだ。自分はすでに素っ裸になっている現実が、開き直らせたのか。それとも、男の肉に躍動を感じはじめた勢いなのか。

「もうすぐ、わかります」

わりと冷たい返事だった。

「でも、下着を着けないで街を歩いていると、不安になりませんか。暴漢に襲われたら、大変な被害を受けるかもしれません」

「襲われそうになったら、あなたが助けに来てくれるでしょう」

二人の会話は、歯車が合っているような、合っていないような。

「あっ、ねっ、見て。少しずつ大きくなってくるわ。たった今まで垂れたままだったのに、ほら、モジャモジャのヘアの中から頭を出してくるの。ああん、色まで変わってきたわ。グレーだったのに、赤茶になり始めて」

白い肌着の裾を乱して先輩は、腰を屈め、竜一の真ん前に足をすべらせた。

「助走を始めたばかりなんです。その白い衣装が全部なくなったら、急角度で迫りあがります」

「見せて、見せてちょうだい。隠したら、いやよ」

先輩の指が忙しく動いた。

腰に巻きついていた細い帯をほどいた。白い布が、太腿をすべって舞った。

（あっ、すげーっ！）

思わず竜一は大声をあげそうになった。

八丈島の砂浜では、黒い翳としか映ってこなかった股間の模様が、くっきりと浮き彫りになったのだ。黒い毛は短くカットされているらしく、むっくりと盛りあがる股間の丘を、面積の小さな長方形でそっと覆っていたのである。

あっ、そうか……。竜一はすぐに合点した。

先輩のスイミングスーツのフロントは、鋭く切れあがる超V字型だった。水の抵抗をできるだけ減らすデザインになっていたが、同時に、黒い毛の面積が広かったら、横からはみ出てしまう危険もあった。

先輩はカミソリかなんかで、ヘアを処理していたのだろう。

その証拠に、長方形の周囲は、青白い毛穴がポツポツ浮きあがっているのだ。こんな細かな部分まで観察できるのは、ＬＥＤライトのおかげであると、竜一は天井を見あげて感謝した。

竜一は決めた。黒い毛はいずれ伸びてくるだろう。そのときは、処理のお手伝いをしてあげよう。散髪屋や美容院で引きうけてくれるはずもないのだから。

が、ＬＥＤライトをのんびり見つめている時間はなかった。おかず海苔の形に似た黒い毛は、竜一の股間に強い刺激を与え、勃起を開始した男の肉を、さらに奮い立たせていく。

筒先を力強く上下に振りながら、絶え間なく成長をつづけていくのだ。

「すごい、すごいわ。どんどん大きくなってくるの。色もきれいになって。いやだ、頭の先から涙が滲んでくるのね。生きているみたいよ。呼吸をしているのね。頭を振りながら、ビクビク持ちあがってくるの」

先輩の報告はどんどん詳細になっていく。

「それじゃ翔子さん、上も脱いでください。八丈島の砂浜は薄暗かったでしょう。肝心の部分がぼやけてしまって、ほとんど記憶に残っていないのです」

名前を呼んでしまったのは、自然の成りゆきだった。

「全部脱ぎなさい、って？」

「おっぱいの形もきれいで、白い肌着に透けてうつる乳首は、きれいなピンクに見えてくるんです」

「いいわ、脱ぎます」

最終段階に入って、先輩の声がかすれ始めた。ときどき、無理やり生唾を飲んで、気を抑えようとしているのだが、ほとんど効果はない。

先輩の指が、白い布の脇腹にまわった。蝶結びになっていた細い紐を、するりと引いた。前の割れた白い布から浮きあがった乳房に、竜一の目は吸いこまれた。

細身で長身。腹筋は鍛えられ、太腿の筋肉は、ほれぼれするほどなめらかで、逞しい。だからなおさらのこと、手のひらにすっぽり収まってしまいそうな乳房の膨らみが、いじらしく映ってくる。

「美しいです、翔子さんの裸……」

誉め言葉としては実に幼稚だったが、竜一の正直な感想だった。

両手に拳を作って立ちすくむ先輩の目元に、恥じらいの笑みが浮いた。

「わたし、毎日決まってやる筋トレがあるのよ」

「えっ、筋トレ？　毎日ですか」

「そうよ。水泳をお仕事にすることは、あきらめたの。わたしにそんな実力はないと思って。でも、おばあさんになるまで、健康でいたいでしょう。今は健康長寿の時代とか。それで始めたんです。一日でもなまけると、軀がだるくなって、食欲もなくなるのよ」

「それで、翔子さんの筋トレは、どんな運動なんですか」

「三種類あってね、ひとつはランニング。一日十キロほど走ります。もうひとつは腕立て伏せ。百回を目標にしています。最後のひとつは逆立《さかだ》ちなの」

「へーっ、逆立ちを毎日やっているんですか」

「二十分くらいかしら。腕の筋肉が鍛えられて、頭もすっきりするみたい。そうだわ、ねっ、これから逆立ちをするから、見てくれるでしょう。ベッドの横の壁を借ります」

(ちょ、ちょっと待ってください)

竜一はあわてて引きとめようとした。逆立ちも筋トレの一環として、それなりの効果はあるのだろうが、あなたは素っ裸なんですよ！　と、厳重注意したくなったのだ。

声をかけようとしたが、遅かった。

壁際まで爪先で歩いた先輩は、両手と頭のてっぺんを床につけた。

あーあっ、無残な恰好だ。竜一は目を背けようとしたが、高く掲げられた先輩の生のお臀に引きよせられた。太腿と同じで、先輩のお臀はまさにアスリート的筋肉質で、お臀を包む皮膚がピーンと張りつめ、割れ目を広くしたのだ。

(穴まで見えそうだ)

竜一は腹の中でつぶやいた。

「ねっ、逆立ちするから、ちゃんと見てね」

先輩の声が弾けとんだ。同時に、よいしょ！　という掛け声もろとも、先輩の両足は蹴られ、見事な逆立ち姿勢が完成されたのだった。

しかも壁についた両足を、徐々に広げていく。固唾を飲んで竜一は見守った。八丈島で利用したタクシー運転手のひと言が、急に思い出された。八代さんのお宅のお嬢さんは、八頭身ではなく、九頭身美人さんですよ、と。

その長い足が少しずつ、左右に開いていく。じっと見ていると、逆さまになった先輩の裸は、Ｙの字になっていた。

おかず海苔に似た黒い毛が、太腿を開いていくのに合わせ、幅が広がっていき、そのちょっと先に、鈍い艶を放つ肉の突起が、見え隠れする。

「あの、苦しくないんですか」

手の施しようもなくなって、竜一はやむなく声をかけた。

「そんなところに立っていないで、助けてちょうだい。そうよ、わたしの太腿をしっかり抱いて」

「あっ、はい、太腿を抱きしめるんですね」

先輩の命令である。逆立ちになった先輩の前に歩こうとしたが、あまりの出来事に足が自由に動かない。でも、ちょっとおかしい。逆立ちは二十分ほどやると先輩は公言していた。なのに、逆立ちをして、まだ二分も経っていないのに、先輩は音をあげた。いや、音をあげたのではない。助けを求めたのは、先輩の猿芝居で、甘えているにすぎない。竜一は自分勝手にそう判断した。それでも竜一は、逆立ちをしている先輩の前まで急いだ。

躯がふれるほどまで近づいて、竜一は先輩の太腿をしっかり抱きとめた。が、正常な神経でいられたのは、そこまでだった。左右に裂けた太腿の、その奥底が、LEDライトに照らし出され、鮮やかに浮きあがったのである。

股間の丘に茂っていた黒い毛は、肉の谷間まで届いておらず、一本のムダ毛も見つからない。そこに剝き出ていた肉は、赤茶に彩られた二枚の粘膜で、細い皺の一本一本までをあからさまにしていた。それに、湿っているような。

竜一は目を凝らした。二枚の粘膜を真ん中で区切る肉筋から、透明の粘液が泡になって滲み出し、お臀の穴に向かって流れている。

なんと複雑な肉模様なのだ。膨らんでいる肉や凹《へこ》んでいる肉がよじれ合っている。

「見ているだけなんて、いや。わたしをこんなひどい恰好にしたんですから、ああん、わたしを慰めてちょうだい」

先輩の声が足元から聞こえた。

一瞬、竜一は考えた。慰めてちょうだいとは、どういうことだ、と。

答えはすぐに出た。先輩の逆立ちは、間違いなく確信犯だったのだ。が、どんな形であれ、要求に応じるのが後輩の務めである。竜一は太腿を抱きしめなおし、裂けた太腿の奥底を目がけて唇を沈めた。

その行ないが慰めになるかどうかは、わからないが。

でも、懐かしい匂いだった。肉の裂け目から立ちのぼってきた香りは、熟したピーチかブドウ。その匂いは、八丈島の砂浜で嗅いだ芳香とほとんど変わりない。

竜一は舌を出し、肉筋の狭間にこね入れた。生温かい肉襞が舌先に粘ついてきた。

「あーっ、してくれたのね。そこよ。もっと……」

途切れ途切れの先輩の喘ぎ声が、棒立ち状態の男の肉に響いた。

ああっ！　叫んだのは竜一だった。そそり勃つ肉の棒の根元あたりを、むんずとつかまれて。先輩の指で握られたのだ。あっ、そんなことを、しないでくださいと竜一も助けを求めたくなった。

先輩の軀がどうなっているのか、よくわからない。けれど、床についていた両手と頭を上げ、竜一の股間にしがみ付いてきたことは間違いない。ヌルッとした粘膜が、男の袋にしゃぶり付いてきたのだ。チロチロ舐めては、男の玉を交互に含んでくる。含んだまま、引っぱられた。

軽い痛みが快感を増幅させていく。

(先輩はぼくの玉を舐めて、しゃぶり始めたのだ)

そう気づいたとき、竜一の行動はやや乱暴になった。肉の裂け目を舌先でこじ開け、その突端に芽吹く肉の芽を、つつっと吸った。ピーチの匂いのする濃厚な粘液が、ジュルッと口の中に流れこんできた。すべてを一気に飲みほした。

一回、二回では終われない。肉の芽を舌先で舐めまわす。肉の芽が小刻みに蠕動した。

甘い香りが喉を通過していく。唇のまわりはすでにベトベト。

「竜ちゃん、お願い、ベッドに連れていって。もう、わたし、フラフラなの」

先輩の声がかすれていく。それでも先輩の指は、男の肉をしっかり握りしめ、前後に振ったりするのだ。まさに逆さ吊り。こんなアクロバティックな恰好をしていると、ケガをする可能性もある。

先輩の太腿を抱きしめたままの不安定な恰好で、竜一はベッドまで歩いて、静かに下ろした。背中を丸めて先輩は、ひと言ももらさず、見あげてきた。愛しさがつのった。竜一はすぐさまベッドに上がり、横を向いて寝ている先輩を仰向けにした。

「八丈島では、翔子さんが上でしたけど、今夜はぼくが上になります。いいですね」

「あなたの好きにしてちょうだい。あのね、わたしの軀、腑抜けになって……。だって、逆立ちをしたわたしにクンニをするなんて、ひどいでしょう。でも、素敵だった。それだけでいってしまいそうになって」

涙目になった先輩は、いきなり両手を掲げ、迎える姿勢を取った。竜一はすぐさま真上から覆いかぶさった。瞬時をおかず、二人の舌が粘りあった。二人の唾液が混じりあう湿った音色が、竜一を勢いづかせた。

八丈島での交わりは薄闇で、その上、竜一にとっては初体験同様の行為だったから、無我夢中だった。が、今は違う。少しだが、余裕もあるのだ。

「翔子さん、これから入っていきます。翔子さんも、もっと気持ちよくなってください」

断りを入れて竜一は、長く伸びた先輩の下肢を爪先で開いた。

先輩の両手が脇腹にまわってきた。指に力をこめてくる。ヒシッと抱きしめられた。二人の素肌がぴったり重なった。

「二人で、一緒に、よ。わたしは、もうすぐなの。でも、あなたを待っているわ。一緒にいきたいの」

切れ切れの声が唇を震わせた。

竜一は腰を遣って、筒先を挿しこんだ。屹立した男の肉と、濃密な粘液を滲ませる襞が、卑猥な音を響かせて合体した。複雑に入り組んでいるらしい襞が、四方八方から男の肉を責めてくる。

再度、舌を舐りあわせ、竜一はさらに深く挿しこんだ。

奥にいくにしたがって、体温は高くなっていく。筒先を深くのめり込ませ、そしてゆっくり引いていく。張りつめた肉の笠が、粘つく襞を掻き出してくるのだ。

「あうっ、ああっ、もう……、ああっ、そこよ……」

まったく脈略のない喘ぎ声をもらしつづけているが、先輩の腰は、竜一の抜き挿しに合わせ、躍動した。女の快感を、貪りとろうとするような激しい動きである。そんなに動かないでくださいと、竜一はお願いしたくなった。経験が浅いのだ。いつ暴発するかわからない危なっかしさがある。

熱い脈動が股間の奥に奔った。吐射を知らせてくるのだ。

しかし、まだ早い。先輩の舌を吸っていた唇を離し、背中を浮かせ、竜一は胸板の下に埋もれていた乳房を探った。ふっくらと盛りあがる左の乳房が、激しく浮き沈みした。

競泳で鍛えた心臓も、愛の交わりにはめっきり弱そうだ。

「おっぱいをいただきます」

竜一は丁寧に言って、右の乳房に舌を這わせた。つんと尖る小粒の乳首は、きれいなピンクに染まって、ピクピク跳ねた。左の乳房に唇をすべらせ、しゃぶりつき、乳首を吸った。

「あくーっ！　ああっ、電気が奔るの」

胸を迫りあげ、先輩は叫んだ。竜一の舌先で固くしこった乳首が転がった。倒れては、ピョコンと起きあがってきたりして。

「竜ちゃん、助けて……。まだなの。あーっ、もう、きて」

叫びつづける先輩の眉間に、苦しみ耐えているような小皺が刻まれた。室内は適温に保たれているはずなのに、先輩の額や小鼻の脇から大粒の汗が滲んでくるのだった。

（ぼくも、もうすぐです）

竜一は自分の限界を知った。

抜き挿しの速度を速めた。左手で先輩の背中を抱き、右手でお臀を支えもった。深く挿しこみ、膣道に埋まっている襞を根こそぎ掘り出すように引きぬいていく。襞だけではない。途切れる間もなく滲み出てくる粘液は、布団を濡らすほどおびただしい。

ふいに先輩の顔が、ガクンと横に倒れた。

（気を失ってしまったのか）

が、先輩の様子を気遣っている余裕はなかった。最後のひと突きを放ったとき、股間の奥が弾きわれた。ドクッ、ドクッと音を立てる勢いで、男のエキスが先輩の膣奥に飛び散っていったのだった。

三十分ほどあと、二人はお湯を溢れさせながらバスタブに浸かっていた。先輩の全裸は竜一の胸板に背中を預け、揺らめいている。竜一の両手はピンクの蕾を艶めかせる乳房を、優しく囲っていた。

「あなたと一緒にいるときは、いつも夢心地……。でも、恥ずかしい。わたし、さっき気を失ってしまったみたいで」

気を失ったみたい、ではなく、正しく失神していましたと注釈をつけてあげたくなったが、竜一は口をつぐんだ。先輩のお臀の下敷きになったままでいる男の肉が早くも目覚め、お臀の割れ目周辺を小突き始めたからだ。

「あの、もう一度確認したいんですが、翔子さんは、この家に引っ越ししてくれますよね。不自由はかけません」

先輩の顔が首筋をよじって振り向いてきた。

「来週の日曜日、わたし、八丈島に行くつもりなの。一緒に行ってくれるでしょう。そのとき、ねっ、あの砂浜で、もう一度、引っ越しの話を聞かせてちょうだい。だって、この家に引っ越しさせてもらうことになったら、わたしはそのまま、山城竜一さんのお嫁さんになるかもしれないでしょう。もしそんなことになったら、二人を引き合わせてくださったおつやさんに、お礼を言いたいわ」

（えっ、ぼくの嫁さん！）

口から出かかった言葉が遮《さえぎ》られた。胸板の上で素早く一回転した先輩の唇にピタリと塞がれて……。そのキスは、いつまで経っても終わることなく、長く、長くつづいたのだった。

〈了〉

＊この物語はフィクションです。万が一同一名称の固有名詞があった場合でも、実在する人物、団体とは一切関係ありません。

イースト・プレス
悦文庫

花《はな》の咲《さ》く島《しま》

末廣《すえひろ》 圭《けい》

2018年9月22日　第1刷発行

企　画　松村由貴（大航海）
DTP　臼田彩穂
編　集　棒田 純

発行人　安本千恵子
発行所　株式会社 イースト・プレス

〒101-0051
東京都千代田区神田神保町2-4-7 久月神田ビル
電　話　03-5213-4700
FAX　03-5213-4701
http://www.eastpress.co.jp

印刷製本　中央精版印刷株式会社
ブックデザイン　後田泰輔（desmo）

ISBN978-4-7816-1704-6　C0193